그럼에도
행복하소서

그럼에도 행복하소서

정덕희가 전해주는 삶의 지혜

중앙books
JoongAng Ilbo

contents

Chapter 4
행복은 사랑의 표현이다

Chapter 5
가족이 힘이다

Chapter 6
콤플렉스도 경쟁력이다

그럼에도 행복하소서

내 나이 오십 넘어

내 나이 오십 넘어
험준한 인생산 꼭대기에 앉으니
이제사 보이더이다 올라온 길, 내려 갈 길
뒤엉킨 풀숲, 가로 막던 물줄기, 버티고 선 돌덩이
딩굴고 넘어져 옷깃 털며 허허 껄껄 넘어 온 길
내 나이 오십 넘어 정확한 세금 내고 깨달음 알았으니
손해 난 장사는 아닌 듯 하더이다

내 나이 오십 넘어 깨달음 하나,
지난 세월 돌아보니, 그냥 그렇게 앙탈하며 왔을 뿐,
이미 나있는 길 걸어 온 듯 하더이다

내 나이 오십 넘어 깨달음 둘,

그때 그걸 알았다면 그리 하지 않았을 걸

별 것도 아닌 인생 별것인 양 난리였소

내 나이 오십 넘어 깨달음 셋,

그럴 수 있는 일, 그럴 수 없다는 어리석음

아파하고, 집착하며 앙탈했더이다.

그럴 수 있다는 포용의 마음, 보자기에 쌓아 가슴에 안으니

이곳이 극락이요 이곳이 천상이라

다 모두 다

내 마음 안에 있는 것을

마음 비워, 마음 주인 내가 되니

내 나이 오십 넘어

자유요, 평화요, 행복이어라

몇 년 전 쓴 글이다. 인생의 정점, 인생산 꼭대기에 앉아보니 이제 내려갈 길만 남았다고, 정확한 세금 내고 큰 깨달음 얻었다며……. 그러

나 2007년, 더 큰 산이 내 앞에 버티고 있었다. 분명 어제까지만 해도 보이지 않던 산이다. 지금까지 넘어왔던 산보다 더 높고 험준한 산……그 우거진 숲속에 갇혀 전혀 앞을 분간할 수 없었다.

하기야 지난 세월을 돌이켜봐도 마찬가지였다. 산 하나 넘으면 또다른 산이 기다렸고, 그 산을 넘으면 또다른 산이 기다리곤 했다. '산 넘어 산'이라더니! 숙제 하나 끝내면 또다른 숙제가 주어지는 것이 바로 인생인가 싶다.

"큰 산 하나 더 넘는다 생각하고 마음 단단히 먹어요. 이번에 넘을 산은 그동안 넘어왔던 산들 중에서 가장 높은 산일 거요. 역경에도 다 뜻이 있다니 그저 담담히 넘어보소. 지금이야 힘겹고 지치겠지만 수업료 안 내고 얻는 것은 절대로 없더이다. 작은 그릇으로 살 팔자라면 고난도 없을 거요. 지금보다 큰 그릇이 되려면 그릇을 다시 빚는 것도 좋지 않겠소? 가마에 들어가지 않고는 빛나는 그릇도 나오지 않는 법, 인생에 성공한 선배들도 다 그런 과정을 거쳐 그 자리에 와 있는 거요."

한 인생 선배님이 해주시던 말씀이다.

놀란 가슴으로 중심을 잃어 헛디딘 발, 그러나 어디선가 구원처럼 찾아오는 지혜의 싹…… 나보다 먼저 세상을 살았던 선배님들의 값진 코칭은 당시의 내겐 그야말로 '구원'이었다. 태풍이 몰아치는 나날들, 그래도 산꼭대기에서 '불어라 바람아' 하며 꼬장꼬장 앉아 있던 내게 또 한 선배가 호통을 치신다.

"태풍이 불면 무조건 몸 구부리고 피해. 그것이 살아남는 길인 게야. 잘났다고 몸 꼿꼿이 세우고 있으면 사지가 부러지고 날아가버려. 변명하지 마. 싸우지 마. 그냥 나 죽었다 생각하고 피해 있다가 태풍 지나가면 다시 일어나 걸어. 그러면 돼."

역시 좋은 코치는 경험으로 만들어진다. 나보다 먼저 이 세상을 살아오신 선배님들의 현명한 코칭 덕분에 나는 그 어려웠던 시간들을 버틸 수 있었고 결국 이겨낼 수 있었다.

지금까지 10년 넘도록 전국을 돌며 약 1,500만 명의 사람들을 만났다. 내 연구실에 있는 한반도 지도 위에는 형형색색의 길이 그려져 있다. 한 번, 두 번, 세 번…… 횟수에 따라 갖가지 색으로 덧칠된 오색찬란한 길.

나만큼의 역마살, 인연살이 또 있을까. 누군가가 우리나라에서 가장 사람을 많이 만난 이로 남자는 송해, 여자는 정덕희라고 했단다. 아마

맞는 말일 것이다. 그 많은 사람들을 만나기 위해 나는 밴을 몰고 다녔다. 연예인들이 주로 타고 다니는 바로 그 큰 차다. 길 위에서 많은 것들을 해결해야 하니 차가 곧 연구실이요 응접실이고 수면실이다. 그러다보니 차 중에서도 여러모로 쓰임새가 많은 밴을 택하게 된 것이다.

밴을 탄 지 10년, 지금 타고 있는 차가 밴으로서도 세 번째다. 차에 대한 욕심이 많아 자주 바꾼 것이 아니다. 엔진이 주저앉도록 타고 다닌 터라 어쩔 수 없이 바꾸고 바꾸고 한 것이다. 그 동안의 주행거리만 100만 마일…… 그 주행거리만큼 눈도 넓어졌고 만난 사람 수만큼 경험도 쌓였다. 내게는 사람이 곧 선생이었고 길이 곧 학교였다. 아무나 다닐 수 없는 최고의 학교에서 배우고 익힌 것들을 이제 노트 위에 하나하나 적어보려고 한다. 부족하고 어쭙잖은 글이지만, 그래도 '정덕희답게' 쉽고 편안하게 써내려갈 심산이다.

한때 냄새 때문에 천대받던 청국장이 지금은 최고의 웰빙식품으로 대접받고 있다. 땡글땡글 단단한 콩…… 어디 그 콩이 거저 청국장이 되던가. 뜨거운 가마솥에서 삶겨 나와 다시 이불을 꼭꼭 뒤집어 쓴 채 뜨끈뜨근한 아랫목에서 며칠을 더 견뎌야 끈적끈적 맛있는 청국장이 되지 않던가. 사람도 청국장처럼 발효의 과정을 거치고 나야 성숙한 인생의 가을을 맞게 된다. 젊음만이 아름다운 것은 아니다. 눈물의 비바람과 한숨의 파도를 견디며 중년, 장년을 거쳐온 농익은 발효인생도 멋진 것이다.

우리집 냉장고에 20년째 붙어 있는 문구가 있다.

오늘을 충실히 산다는 것은 지난 과거에 대한
가장 큰 반성이며, 오늘을 충실히 산다는 것은
다가올 미래에 대한 가장 큰 준비다.

내 삶은 언제나 진행형, 현장형이었다. 갖춘 것 없이, 가진 것 없이 맨몸으로 주어진 환경을 깨치며 미친 듯 뛰어왔다. 교수, 시인, 작가, 방송인 등 세인들이 부러워 할 만한 직업들을 내 것으로 만들었고 아내, 어머니, 맏며느리, 여자로서 행복한 가정도 이루었다. 이 만큼 발효되기까지 깨닫고 익힌 것들을 고스란히 이 책에 담았다. 내가 터득한 발효의 기술이 후배들에게 참고가 되길 바라며……

우면산 자락에서 정덕희

높이 올라 갈수록 낮춰야 하는 삶,
바람 불면 바람길 내주며 납작 엎드려 제 몸을 흩트리는 삶,
낮추고 또 낮추란다.
그렇게 대청봉 높은 곳 홀로 한 향나무는 바람처럼 이른다.

낮추어 사는 삶

'반성'이란 효소가
'성숙'을 만든다

워낙 많은 사람들을 만나고 다니는 직업인데다 강의까지 하다보니 당연히 말을 많이 하게 되고 별 수 없이 구업(口業)을 많이 짓고 살았다. 일단 강단에 오르면 나도 모르게 신기가 발동해 속으로는 '하지 마! 안티 만들지 마!' 하며 스스로 타일러도 저절로 방언처럼 튀어나오는 말들이 있다. 그러다보면 생각지 않게 여러 사람들에게 죄를 짓게 된다. 공인으로서 타인의 잘못에 대한 지적이 용기요 사명이라 생각할 수도 있겠지만, 나이들어 생각해보면 그 또한 고스란히 내 죄였다고 여겨진다. 그 중에서도 가장 죄스럽게 기억되는 경우가 지금은 고인이 되신 어느 지자체장님과 관련된 것이다.

10년 전쯤 경기의 한 시청 안에 있는 문화회관으로 강의를 하러 갔다. 그런데 그날따라 무슨 행사가 있었는지 주차장이 가득 차 도무지 진입할 수가 없었다. 나야 시청에서 초청을 해 강의를 하러 간 사람이니까 당연히 주차문제를 해결해주리라 생각하며 창문을 열고 주차요원에게 말했다.

"강의하러 왔는데, 저 정덕희예요."

그런데 대답이 걸작이었다.

"대통령도 못 들어가요."

그야말로 문전박대가 아닌가! 바지주머니에 두 손을 넣고 건들거리는 그 모습도 몹시 불쾌했다. 할 수 없이 청사 밖에 차를 세워놓고 강의장에 들어서니 시장님께서 축사를 하고 계셨다. 유치원연합회에서 주최하는 행사라 젊은 엄마들이 강당에 꽉 차 있었고, 시장님은 모처럼 신이 나셨는지 꽤 길게 축사를 하셨다.

"제가 시장이 되고 나서 저기에 문화회관을 지었고, 여기에 청소년회관을 지었고, 또 거기에는 학생회관을 지었고……."

계속되는 업적 나열이 지루하게 이어지던 축사가 끝나고 다음 순서로 내가 강단에 올라갔다.

"시장님, 강의 전에 한 말씀 드려도 될까요?"

강단에 오르자마자 내가 그렇게 첫마디를 던지니 당연히 덕담을 기대하며 환하게 웃으시던 시장님.

"시장님, 건물 짓는 것이 중요한 게 아니라 먼저 주차요원 교육 좀 하셔야겠어요."

그랬더니 뜻밖에도 강당에 모여 있던 사람들이 박수와 함께 환호성을 질렀다. 아마도 많은 이들이 나처럼 주차 과정에서 불친절을 경험했던 모양이다. 시장님의 안색이 당장 굳어졌고 보좌관들에게 난데없이 비상이 걸렸다. 그 모습에 통쾌해하던 나, 젊어서의 실수 중 하나다. 그 때는 그것이 정의요 열정이라 생각해 의기양양했지만 지금은 부끄럽고 죄스런 마음뿐이다. 그리고 그 시장님이 돌아가셨다는 소식을 접하고 나서는 지금까지 내내 마음의 빚으로 남아 있다.

얼마 전 구로디지털단지 내 연구원들을 대상으로 강의를 했다. 결혼 정보회사가 주최하는 강의라 미혼자만 있을 것이라고 생각했다. 그래서 나는 마음놓고 떠들었다.

"배우자는 정말 신중하게 정해야 혀. 그리고 일단 결정되면, 어지간 하면 그 사람하고 끝까지 사는 게 좋은겨. 이혼율이 높은 요즘, 인생선배로서 한마디 하자면, 그놈이 그놈이구 그년이 그년이여. 가정은 복잡하지 않게 만드는 것이 최고여. 바꿔봤자 더 골때릴 때가 많은겨. 한 놈하고 끝내는 것이 좋아."

그날 저녁 늦게 내 홈페이지를 열어보니 그 강의를 들은 한 여성이 글을 올렸다.

'강의 잘 들었습니다. 그런데 청중들 중에는 이혼경험이 있는 사람들도 있었다는 사실을 알아주셨으면 합니다. 이런 날, 술의 유혹을 뿌리칠 수 없어 저 지금 술 마시러 갑니다.'

또 구업을 지은 것이다. 내 말로 인해 상처받았을 그녀를 생각하니 미안한 마음에 얼굴이 달아올랐다. 나는 당장 댓글을 달았다.

'결혼정보회사 주관이라 미혼들만 있는 줄 알고 생각없이 한 말이었는데…… 님께 상처가 되었다면 사죄드립니다. 연락주시면 제가 한잔 사겠습니다. 저도 이런 날 술이 땡기네요'.

그날 난 반성하느라 밤을 꼬박 새워야 했다. 그렇게 만든 말이 '성숙은 반성이라는 효소가 가미될 때 숙성되는 것' 이다. ♟

긍정의 특허권

행복의 문지기가 되어 살아겠다는 생각으로 '행복충전소' 라는 홈페이지를 개설한 지 몇 년이 지났다. 오래전부터 행복충전소라는 말을 하도 많이 하고 다녀 그 말이 내 것이라 생각했다. 시간이 지나 여기 저기 '웃음충전소' '행복발전소' 라는 표현들이 생겨났다. 전라도 어딘가를 지나다 보니 '알콜충전소' 라는 술집 간판도 있었다. 왠지 씁쓸한 기분이었다.

브랜드 파워가 꽤 있는 〈행복이 가득한 집〉이라는 인테리어 잡지가 있다. 어느 모임에서 우연히 그곳에서 일하는 분을 만났다. 창간팀은 고민 고민 끝에 그 이름을 찾아냈단다. 하지만 내게 좋으면 남들에게도 좋아 보이는 법, 게다가 인테리어계의 대표적인 잡지로 이름을 날리다 보니 더 좋아 보였을 것이다. 음식점, 웨딩숍, 펜션, 유흥업소, 오락실, 의류점 등등 '행복이 가득한 집' 이라는 간판이 오래잖아 전국 곳곳에 등장했다는 것이다. 가장 황당했던 것은 '행복이 가득한 집' 이라는 모텔 간판을 봤을 때라나. 처음 그 제호를 만든 분이 너무 속상해 알아봤더니, 상호는 업종마다 특허권을 내지 않으면 기득권이 없다고 하더란다. 같은 이름이라도 잡지 따로, 유흥업 따로, 숙박업 따로, 웨딩업 따로…… 업종만 해도 수십 가지여서 독점적으로 그 이름을 쓰려면 특허 비용만도 만만치 않더라는 것이다.

많이 보고 많이 듣는 것도 공부다. 눈동냥, 귀동냥은 수업료 안 내고 얻을 수 있는 지혜의 밭이다. 어쨌든 그날의 귀동냥이 내겐 소중한 정보가 됐다. 내가 고정으로 출연하던 KBS '아침마당'에 어느 목사님이 출연하여 '행복발전소 소장'이라고 자신을 소개하는 것을 보고 나는 서둘러 상호특허를 신청했다. '행복충전소'나 '행복발전소'나 그 말이 그 말이다. 그래서 나는 강의, 출판, 방송, 유흥업, 요식업, 웨딩업, 숙박업까지 '행복충전소'라는 상호를 쓸 수 있을 만한 모든 업종에 특허권을 걸어놓았다. '행복발전소'도 마찬가지다. 적지 않은 비용이 들었지만, 그 후로 해당 상호를 사용할 경우 제지할 수 있는 권리를 얻게 되었다.

이걸 편협한 욕심이라고 욕할 분들도 있을지 모르지만 내 생각은 약간 다르다. '귀한 것'이 '좋은 것'이다. 음식이나 재물은 나눠서 좋은 것이지만, 아이디어는 아무리 참신한 것이라도 여럿이 쓰면 쓸수록 식상해지는 법이다.

그런가 하면 누구나 꼭 하나씩 얻어두어야 할 특허권도 있다. '긍정의 특허권'이다. 상호의 특허권은 특허청에서 내주지만, 긍정의 특허권은 자신이 스스로에게 발급해주는 것이다.

잘 알고 지내는 변호사가 있다. 팔남매 중 판사, 검사, 변호사 등 법조인이 네 명이나 되어 모두들 부러워하는 집안이다. 나 역시 그랬다. 하지만 어느날 그분으로부터 구원요청이 날아왔다. 상담을 해주며 나는 정말 놀랐다. 겉으로 보여지는 모습과 달리 그분의 집안사정은 말이 아니었다. 남매들이 저마다 부모를 안 모시겠다고 서로 으르렁대며 원수처럼 지낸다는 것이다. 그분은 알코올중독에 심한 우울증까지 앓고 있었다. 오랜 시간 이야기를 듣다보니 그분이 왜 우울증을 앓을 수밖에 없는지 이해가 되었다.

그분은 법조인이란 브랜드로 정략결혼을 했다가 일 년 만에 이혼을 했다. 그 후로 혼자 노모와 아들을 돌보며 살게 됐다. 시간이 지나 법조인으로 어느 정도 자리를 잡았지만, 그분은 자신의 처지가 괴로워 밤마다 술집을 찾았다. 술이 술을 불러 결국은 술 없이 살 수 없는 지경에 이르렀고, 그렇게 술에 취해 살다보니 대인관계에도 큰 문제가 생겼다. 그분은 대인기피증까지 생겨 변호사 사무실마저 폐업신청을 해놓았다고 했다.

인생에 있어 최고의 기술은 바로 '긍정의 기술'이다. 살면서 별별 일이 다 생긴다. 그럴 때마다 남의 탓으로 돌리고 세상을 원망하는 사람이 있는가 하면, 매사에 자신을 돌아보며 어떠한 상황에서도 긍정할 줄 아는 사람도 있다. 위의 변호사처럼 부정적인 사고에 길들여진 사람은 어떤 말이건 다 부정적으로 받아들인다. 세상 사람들이 다 잘못돼 있기 때문에 자신이 적응할 수 없다는 것이다. 당연히 대인관계에 문제가 생길 수밖에 없고 대인기피증이 생길 수밖에 없다. 부정의 안경을 꼈으니 세상과 모든 사람들이 부정적으로 보이는 것이다.

자식이 태어나자마자 자신의 욕심대로 몰아붙여 의사, 변호사 만들기 프로젝트에 들어간 '어머니 전사'들에게 꼭 들려주고 싶은 말이 있다. "좋은 직업보다 좋은 생각을 하는 사람으로 자식을 키워야 한다"는 것이다. 좋은 직업은 가졌으되 부정적인 사람은 행복감을 느끼지 못한다. 긍정의 힘은 모든 인간이 마땅히 가지고 있어야 할 권리다. 긍정의 특허권을 지금 당장 취득하라.

S라인 인생

2006년 12월 우면동 아파트에서 같은 동네의 단독주택으로 이사를 하면서 모 월간지와 어느 방송사 프로그램 합작으로 집을 수리해 주었다. 그리고 2007년 봄에 한 공중파 주부대상 토크쇼에서 집 소개를 중심으로 '정덕희 편'을 찍자는 섭외가 왔지만 이미 1월에 집을 수리해 준 방송사를 통해 집 소개를 했기에 정중히 거절했다. 하지만 '차별화'를 내세우며 하도 간곡히 청하길래 할 수 없이 촬영을 허락했다.

시청자가 식상하면 안 되겠기에 나름대로는 여러 가지 면에서 많은 신경을 썼고, 예전에 찍어두었던 화면은 절대 끼워넣지 않는다는 약속도 받아냈다. 하지만 촬영 전에 방송국과 한 약속은 약속이 아니다. 촬영 이후 그 약속의 이행여부는 오로지 PD의 마음에 달렸다. 방송출연을 하다 보면 찍을 때는 안 내보내겠다고 철석같이 약속을 한 장면도 PD가 편집할 때는 끼워넣기 일쑤다. 그 머리 좋다는 PD들이 그렇게 쉽게 잊을까 싶지만, 어쨌든 매번 깜박 잊었다며 변명한다. 방영 전에 최종 편집본을 꼭 보여주겠다는 약속은 항상 편집이 너무 늦게 끝나는 바람에 일정 때문에 어쩔 수 없다는 식으로 무시된다. 내보내면 그만인 방송…… 방영 후에 항의해봤자 마음만 상할 뿐이다.

할 수 없이 내가 출연하는 것임에도 시청자와 마찬가지 입장에서 조마조마한 심정으로 방영분을 보고 있는데, 아니나 다를까 예전의 VCR이 중간중간 끼어든다. 정덕희가 어렵게 살던 시절과 현재 행복하게 잘사는 모습이 오버랩되는 식이다. 작가에게 전화를 걸어 정중히 항의했더니 "너무 잘사는 모습만 보여주면 채널이 돌아가버리는 수도 있어 일부러 어려웠던 시절의 모습을 사이사이 끼워넣었다"고 한다.

지나간 아픈 기억을 반복해서 대면하고 싶어하는 사람이 누가 있을까. 하지만 방송은 곰국이다. 내 의지와는 상관없이 TV는 옛날 필름을 우려내고 또 우려낸다. 어쨌든 방송이 끝나고 나니 '정덕희'라는 이름이 당장 인터넷 검색어순위 1위가 되었다. 묘한 심정으로 인터넷을 둘러보고 있으려니, 엄마 뒤통수만 봐도 기분을 정확히 알아내는 아들이 말을 걸어온다.

"어머니, 저하고 소주 한잔 땡기실까요?"

기분도 꿀꿀하던 차에 그야말로 가뭄 속의 단비요 사막의 오아시스였다. 나는 아들의 팔짱을 끼고 교대 앞 단골 곱창집으로 갔다. 궁둥이를 맞대고 올망졸망 끼여앉아 끼리끼리 열변을 토하는 사람들…… 둥근 양철통을 가운데 두고 등받이 없는 플라스틱 의자에 엉덩이만 간신히 걸쳐놓고 행여 냄새라도 밸까 비닐봉투에 말아 넣은 외투를 무릎 사이에 끼워놓고 곱창을 굽는 사람들…… 그 한결같은 모습은 서민의 딸 정덕희가 몹시 좋아하는 풍경이다. 사실 난 '무수리과' 다. 왁자지껄 소란스런 장터의 분위기를 너무 좋아한다.

구석진 자리, 사람들과 등을 맞대고 사랑하는 아들과 함께 소주잔을 기울이다 보니 세상의 근심이란 근심은 구수한 곱창냄새가 일망타진한다. 그래 어떠랴, 어차피 건너온 고난의 강이고 지울 수 없는 내 삶의 조각들인 것을. 그래도 우울한 날 더불어 술잔을 나눌 수 있는 아들이 있어 얼마나 행복한가.

들어온 지 30분쯤이나 지났을까, 옆에 앉아 있던 중년의 한 남성분이 음료수를 건넨다.

"처음 들어오실 때부터 교수님을 알아봤습니다. 그런데 누가 될까 싶어 이제야 인사드립니다."

고맙기도 하지! 정덕희식 인간관계는 메아리다. 반가움과 정을 표현해주시는 분에게는 따따블로 사랑을 표현해드린다.

"이것도 인연인데, 합석하시죠?"

내가 잠깐이나마 행복했으니 그분들도 행복할 자격이 있다. 우연히 들른 곱창집에서 유명인을 보게 된 것만도 충분한 이야기거리가 되겠지만, 그 사람과 함께 소주잔까지 기울였다면 얼마나 신나고 즐거운 추억이 될까 싶었던 것이다. 그분들은 나의 제안에 흔쾌히 동의했다.

"교수님, 사는 거…… 그거 별거 아니지요? 사실 저희 둘은 십 년 전 은행 동기입니다. 은행 근무하다 IMF때 같이 명퇴해서 사업이나 해보겠다고 까불다가 이 년 만에 퇴직금은 고사하고 전재산 다 날렸지요. 십 년 동안 안 해본 일이 없습니다. 정말 끝이 안 보이는 세월이었답니다. 그런데 올해부터는 좀 나아지는 것 같아요. 그래서 내린 결론이, 인생도 S라인이라는 겁니다. S라인…… 오르막이 있으면 내리막이 있고, 내리막이 있으면 오르막도 있는 것. 지금까지 내려갈 만큼 내려갔으니 이제는 올라갈 일만 남은 거죠. 이제 알았어요. 확실히 인생은 S라인입니다.”

우울한 심정을 달래려 들렀던 곱창집이 어느덧 철학 강의실이 되었다. 우리의 대화를 엿듣던 옆자리의 중년여성분들이 “덕희 언니, 우리도 끼워주시면 안 되나요?” 하길래 또 합석을 했다. 40대 아저씨, 40대 아줌마들이 한 무리가 되어 벌이는 말의 성찬…… 그날 여성분들과는 결국 노래방까지 갔다.

40대…… 세월은 적잖이 흘렀고, 가슴 한 구석에는 저마다 온갖 사연의 보따리를 꿰어차고 있을 인생후배들…… 사실 나는 나보다 젊은 사람들을 보면 부러움보다 안쓰러움이 앞선다.

‘저 사람들도 인생세금을 내야 할 시기가 곧 닥칠 텐데…… 그 많은 세금을 다 어찌 낼꼬…….’

다행히 나는 S라인을 다 통과해왔고, 그래서 오늘 이렇듯 행복하고 자유롭다.

사랑의 에스컬레이터

"알려지고 나니 불편한 점이 많지요?"라고 묻는 분들이 많다. 그럴 때마다 늘 같은 대답을 한다.

"그 정도 세금도 안내면 그런 특권을 어떻게 누린대요? 하나 얻으면 하나 버려야 하는 것이 인생 아닌가요? 너 편하게 해줄 테니 조용한 삶으로 돌아갈래, 아니면 좀 불편하더라도 유명해질래 하고 누가 묻는다면 저는 또 후자를 택할 거예요. 알려지고 나면 이름 석자에 많은 혜택이 오잖아요. 무엇보다 대중에게 사랑받는다는 게 얼마나 행복한 일이에요? 이름도 얼굴도 모르는 대중들에게 사랑을 받는다는 건 정말 끝내주는 일이에요! 사랑을 받다 보면 더 사랑받기 위해 더 사랑받을 짓을 하게 되고, 그러면 대중이 더 사랑해주니까 더, 더 사랑받을 짓만 하게 되는…… 그렇게 사랑의 에스컬레이터를 타는 동안 삶이 예쁘게 만들어지더라구요."

나는 아들딸에게도 자신있게 권한다.

　"사랑받는 직업을 가져라. 사랑은 사랑을 만들고, 사랑을 받다보면 저절로 사랑으로 충만한 삶이 되더라."

　물론 유명해지면 불편한 점도 많다. 사람이 많이 모인 곳은 가능한 한 피하게 되는 등 여러 가지 행동의 제약을 받게 된다. 가족외식이 줄고, 음식점엘 가도 가장 구석진 테이블을 찾아 앉게 되고, 고속도로에서도 휴게실 화장실보다는 아무래도 사람이 적은 주유소 화장실을 찾게 된다. 평소 길을 나다닐 때는 허름한 점퍼에 모자를 눌러 쓰고도 모자라 땅만 보고 걷는다. 화가 나거나 누군가에게 따지고 싶어도 마음놓고 드러내지 못하고 항상 웃는 얼굴로 이미지 관리를 해야 하는 것도 고역이다. 하지만 그게 바로 '유명세' 다. 유명인이 그 정도 세금도 안 낸다면 도둑놈 심뽀다.

　안성 집 정원에는 20여 그루의 소나무가 있다. 넓은 잔디밭과 낮은 능선으로 굴곡을 만들고 사이사이에 자연석과 소나무를 심어 정원을 꾸몄다. 둥글둥글 인위적으로 다듬은 향나무 일색의 일본식 정원에서 점차 소나무가 자연스럽게 뒤틀리는 우리식 전통 정원으로 사람들의 시선이 옮겨지고 있는 요즈음이다.

　소나무는 그 굴곡에 따라 이야기가 있어 좋다. 실제로도 쭉쭉 뻗은 놈보다는 휘고 꼬부라져 이야기를 많이 담고 있는 놈이 더욱 가치가 있다. 워낙 인기가 있다 보니 가격이 천정부지여서 내가 정원을 꾸밀 때는 좋은 소나무를 구입할 엄두도 못 냈다. 그래서 굴삭기 기사들에게 부탁하여 도로공사를 할 때 나오는 소나무를 한 그루 한 그루 옮겨심었다.

소나무는 옮겨심기에 무척 까다로운 나무다. 먼저 뿌리가 다치지 않도록 봉을 떠 꽁꽁 묶은 채로 1~2년 이식하여 숨 한 번 고르고 나서 다시 옮겨질 땅으로 이식을 해야 산다. 지금이야 원예기술이 많이 발달해서 옮겨심다가 소나무를 죽일 확률은 많이 낮아졌지만, 예전에는 아예 옮겨심기를 꺼려했던 나무다.

소나무를 옮겨심는 날이면 마음이 들떠 안절부절못했다. 그래서 일부러 일 없는 날을 골라 맞아들이곤 했다. 소나무는 나무끼리의 어울림과 방향이 조화를 이뤄야 제멋이다. 그래서 이쪽으로 저쪽으로, 까다로운 안주인 만나 엉덩이 붙일 곳 정하는 데만도 하루해가 저문다. 그래도 안주인이 수시로 사랑가를 불러주니 한 놈도 터앓이 없이 뿌리를 잘 내렸다.

"사랑한다, 나무야. 잘 자라줘 고마워."

"나 없어 심심했지? 자주 못 와 미안해. 사랑해."

"잘 있어, 또 올게. 내 사랑 너도 알지?"

나야 생명이 없는 것들 하고도 곧잘 대화를 하는 사람이니 소나무와 같은 생명체라면 두말할 것도 없다. 소나무와 나의 대화는 쌍방향이 물 흐르듯 자연스럽다. 물론 소나무는 입이 없으니 묻고 답하고 혼자 다 해먹는 거다.

"그게 정말이야?"

"글쎄 그렇다니까."

"와, 대단한걸?"

"그 정도 갖고 뭘."

곰국 찌꺼기가 생기면 묻어주고, 생선뼈가 나오면 곱게 갈아 뿌려주고, 가끔씩은 막걸리도 한 잔씩 따라준다. 자연은 준만큼 보답하는 '의리의 돌쇠'다. 나무들도 사랑받은 놈이 신수가 훤하다. 사랑받은 놈은 으쓱으쓱 폼까지 잰다. 그리고 싱싱한 푸르름으로 내게 고맙다고 인사치레를 한다. 사랑은 사랑을 만든다.

꽃을 받고 싶으세요?

54년의 지난 세월을 돌이켜보면 환희의 날보다 불안하고 암담했던 날들이 더 많았던 것 같다. 웃음지으며 안 그런 척 살았을 뿐 마음속에는 무언가 알 수 없는 불안감이 늘 도사리고 있었다. 너무나 행복했던 순간에도 '과연 이 행복이 계속될까?' 하는 불안감은 완전히 사라지지 않았다. 어차피 인생은 자기와의 전쟁이다. 젊은 날에는 젊은 날대로, 중년은 중년대로, 잘나갈 때는 잘나가는 대로, 못나갈 때는 못나가는 대로 내면의 전투는 사라지지 않는다.

복잡하고 정신없는 현대인의 여유 없는 삶…… 그토록 정신없는 일상 속에서도 내면의 쿠데타는 완전히 진압되는 법이 없다. 그 누구의 도움도 받을 수 없는 자기와의 전쟁은 지독히 외로울 수밖에 없는 삶의 과정이다. 그 지난한 삶의 과정에서 포기와 절망에 빠지지 않으려면 '긍정의 기술' 만큼이나 '자애(自愛)의 기술' 또한 필요하다.

나는 정말 나를 사랑한다. 태어나서 죽는 날까지 한결같고 영원한 사랑, 오직 한 사람에게만 줄 수 있는 완전하고 확실한 사랑이 바로 자기 사랑이다. 한 몸 안에서 주고받는 사랑이기에 '보증수표 사랑'이다. 노상 물고 빨고 쓰다듬어도 아무도 알아차릴 수 없는 완벽한 비밀의 사랑이다. 이처럼 안전하고 완벽한 사랑이 내 안에 있음에도 많은 사람들은 그 소중한 사랑을 발견하지 못하고 자꾸 밖으로만 구애의 손길을 보낸다.

얼굴이 떡판이면 어떻고, 말라빠져 만질 것이 없으면 또 어떠랴. 나이들어 주름이 자글거리면 어떻고, 머리에 세월의 하얀 브릿지가 생긴들 또 어떠랴. 가방끈이 짧으면 어떻고, 인터넷에 안티가 드글드글하면 또 어떠랴. 초라했던 과거를 자꾸 들추며 무시하는 사람이 있으면 어떻고, 오버하는 여자라고 씹어대면 또 어떠랴. 다 덤벼라. 내가 나를 그 누구보다 사랑한다는데.

이 세상 단 한 사람, '나'는 귀하고 귀한 사람이다. 나는 사랑받아야 마땅할 아름답고 고귀한 존재다. 세간의 노랫말처럼, 나는 '꽃보다 아름다운' '사랑받기 위해 태어난 사람'이다. 『서드 에이지 The Third Age』의 저자 윌리엄 새들러는 '네 이웃을 네 몸 같이 사랑하라'라는 성경말씀을 특별하게 해석한다. 자신을 진정으로 사랑하는 법을 배울 때라야 타인을 사랑할 수 있는 능력이 생긴다는 뜻이라고.

이 책에 등장하는 처크라는 인물은 평생에 걸쳐 자신보다 타인을 먼저 생각하며 살아온 영국성공회 신부다. 알코홀릭이자 워커홀릭이기도 한 처크는 어느날 '너는 네 자신을 돌 볼 필요가 있어'라는 내면의 소리를 듣게 된다. 오로지 교회, 신도, 가족, 이웃을 돌봐야 한다는 강박에 빠져 정작 자신은 전혀 돌보지 않은 탓에 억압된 자아가 알코올 의존으로 치달았음을 자각하게 된 것이다.

남을 위해 무엇을 해야 하는지 알았지만 자기 자신을 위해 무엇을 해야 하는지는 전혀 모르고 살았던 처크. 그는 다른 사람을 배려하는 것만큼 자신에 대한 배려도 중요하다는 사실을 깨닫게 되고, 자신을 돌보는 것이 결코 이기적인 행동이 아님을 알게 된다. 예수께서도 이렇게 말씀하셨다.

"네 안에 있는 것이 열매 맺으면 네게 있는 것이 너를 구원할 것이요, 네 안에 있는 것을 갖지 못하면 네 안에 갖지 못한 것이 너를 사망케 하리라."

다행히도 나는 나를 돌보는 재주가 있다. 기쁜 날도 힘든 날도 나는 가장 먼저 나를 돌본다. 정덕희는 정덕희에게 꽃을 자주 보낸다. 뭔가 의미를 부여해야 할 날에도, 힘겨워 쓰러질 것 같은 날에도, 누군가에게 꽃을 받아보았으면 싶은 날에도 나는 나에게 꽃을 보낸다. 리본에 예쁜 카드까지 준비하여 정성 가득한 꽃을 보낸다. 가난했던 시절에는 장미 한 송이를 보냈고, 생활에 조금 여유가 생기고 나서는 넓은 거실을 꽉 채울 수 있도록 값비싼 알로카시아 몇 그루를 심어 보낸다. 리본한 면에는 격려하는 글귀를 적고, 다른 한 면에는 '예쁜 덕희가'라고 적는다. 덕희의 꽃을 받은 덕희는 마냥 행복해한다.

"다른 집 남편들은 결혼기념일에 꽃 한 다발씩 사들고 들어온다는데,

이년의 팔자는 꽃 한 번 받아보지 못하고 늙기만 하네. 지지리 복도 없지.”

친구들이 푸념하는 소리를 들을 때마다 나는 이렇게 말한다.

“푸념할 시간에 꽃시장에 가서 장미 한 송이라도 너를 위해 포장하면 되잖아. 나도 지금껏 남자에게 꽃 한 번 받아본 적 없지만 꽃 아쉬운 줄 모르고 살았거든. 꽃 좋아하는 년이 꽃 모르는 놈과 만나 평생 지지고 볶는 게 인연이고 인생 아니니?”

나와 콘셉트가 다른 남자에게 꽃선물을 기대해봤자 내 속만 탄다. 나랑 콘셉트가 가장 잘 맞는 사람은 다름아닌 내 자신이다. 타이밍, 취향, 모든 것이 완벽하다. 나를 가장 잘 아는 사람으로부터 가장 필요한 때 가장 원하는 방식으로 꽃 선물을 받는데 스트레스라고 남아날까.

내가 꽃을 받고 싶은 날, 받고 싶은 꽃을 골라 받고 싶은 글귀를 적어 보내자. 남이 보면 웃기는 여자라고 할 수도 있겠지만 그건 모르고 하는 소리다. 그렇게 사는 삶에서 윤기가 나는 법이다. 누가 뭐라든 나만은 재밌게, 신나게, 아름답게 살아야 한다. 나는 너무나 아름답고 소중한 이 세상 단 한 사람이니까. 앞으로도 정덕희를 위한 사랑의 이벤트는 계속될 것이다. 죽는 날까지 말이다. 👤

찐하게! 강하게! 짧게!
그리고 차버려라!

스트레스를 극복할 수 있는 자신만의 비법을 개발하라.

어차피 산다는 건 스트레스와의 동행길이다. 인생의 영원한 동반자, 스트레스라는 놈을 대체 어떻게 관리해야 할까. 스트레스는 만병의 원인이다. 건강하게 살려면 스트레스를 어르고 달래고 스트레스와 함께 놀아줄 수 있어야 한다.

무엇이든, 어떤 대상이든 자유자재로 갖고 놀 수 있어야 프로페셔널이다. 어차피 죽는 날까지 함께해야 하는 운명의 길동무라면, 그 녀석을 잘 이해하고, 잘 대접하고, 잘 구슬러 다독이는 방법을 알면 된다. 그게 생활의 달인, 인생의 프로다.

능력 있는 사람들을 단체나 직장과 연결해주는 사람들을 '헤드헌터(Head Hunter)'라고 한다. '인재사냥꾼'이란 표현은 좀 살벌하고, 그냥 '사람복덕방' 정도라고나 할까? 이 헤드헌터들이 강의를 연결해주기도 하니 내게도 꽤 요긴한 존재다. 헤드헌터 컨설팅을 전문으로 하는 업체 중에 5년 만에 빌딩을 지을 정도로 성공한 곳이 있어 축하 꽃나무를 하나 보낸 적이 있다. 언젠가 경주에 강의가 있어 울산 공항에 내렸더니 그 회사의 사장님이 공항으로 직접 차를 몰고 마중을 나오셨다. 그런데 몇 달 만에 뵙는 그분의 얼굴에 나는 깜짝 놀랐다. 40대의 잘생긴 사장님이 풍을 맞았는지 얼굴의 반쪽이 완전히 일그러져 있었다.

쑥스러워하실까봐 시선을 피한 채 경주로 향했다. 달리는 차 안에서 정말 많은 생각이 들었다. 만날 때마다 '일이 많아 죽을 지경'이라며 푸념으로 시작해 푸념으로 끝나던 사람이다. 그때마다 나는 이렇게 말했다.

"사장님, 요즘 일이 없어 힘든 사람이 얼마나 많은데요. 일이 많은 것에 감사하고 즐기며 일하셔야죠. 그렇게 노상 죽겠다, 죽겠다 하시면 스트레스 때문에 정말 큰일나요. 저도 일이 누구보다 많지만 정말 감사한 마음으로 놀이처럼 즐기며 한답니다."

결국 스트레스란 녀석이 일을 낸 것이다. 측은한 마음에 나는 내가 사는 모습을 그분에게 직접 보여드리고 싶었다. 강의시간 때문에 30분의 여유밖에 없었지만 나는 식사 제의를 했다.

"사장님, 다 먹고 살자고 하는 일인데 저녁은 먹고 들어가는 게 어떨까요?"

경주에 가면 친척집처럼 꼭 들르는 순두부집이 있다. 식사시간에는 줄을 서서 기다려야 얻어먹을 수 있는 집이라 차 안에서 미리 전화를 해놓고 찾아갔다. 6000원짜리 순두부 두 그릇을 시켰더니 서비스로 돼지바비큐 보쌈과 동동주가 나온다. 이런 게 바로 행복한 '이름값'이다. 시간여유가 별로 없어 다 먹을 수 없는 지경이라 나는 옆좌석과 음식을 나누었다.

"저도 공짜로 받은 것이니 같이 드시죠. 자, 여기 동동주도 나눠 드시고요."

여유 없는 그 짧은 시간에도 마음을 활짝 열고 낯선 이들에게 다가가니 그들도 고맙고 좋아 어쩔 줄 모른다. 나는 마주앉은 사장님에게 무언의 조언을 해주고 싶었던 것이다.

"사장님, 저는 순간순간 이렇게 살아요. 매순간 즐겁게 살려고 노력하면서 그 많은 스케줄을 소화하며 견디는 거예요. 어때요? 보시기에도 좋잖아요?"

나는 나이에 비해 표정이 살아 있다는 소리를 자주 듣는 편이다. 비결이 있다면 그때그때 스트레스를 풀어버리는 나만의 비법이 있기 때문이다. 내 스트레스 퇴치법의 노하우를 간단히 정리하면 이렇다.

'찐하게! 강하게! 짧게! 그리고 차버려라!'

'고난을 이기는 방법'이라는 주제로 토크쇼를 하던 중에 이 방법을 소개했더니 패널로 동석한 정신과의사 김병후 박사가 굉장히 좋은 방법이라며 칭찬해주셨다.

사실 스트레스는 살아 있음의 증표다. 이 세상을 떠나면 당연히 스트레스도 없다. 다음은 누군가가 쓴 '한밤중'이란 글이다.

"한밤중에 자꾸 잠이 깨는 건 정말 성가신 일이야"
한 노인이 투덜거렸다. 그러자 다른 노인이 말했다.

"하지만 당신이 아직 살아 있다는 걸 확인하는 데 그것만큼 좋은 방
법이 없지. 안 그런가?"
두 사람은 서로를 보며 낄낄거리고 웃었다.

스트레스가 쌓여 목까지 차 오른 날이면 내가 늘상 하는 일이 있다.
'감성여행' 이라고 이름붙인, 나만의 스트레스 해소법이다. 나는 정말
찐하게, 강하게, 짧게, 그리고 버린다. 감성여행을 한 다음날이면 눈이
퉁퉁 부어 꼴은 사납지만 마음은 날아갈 듯 가볍다.

감성여행

한 뭉치가 커진다
삶 속에서
내 안에서

응어리가 커지면서
통곡되어
넘친다

1

이쯤에서
감성여행을 떠나자
이성에 얽매였던
나를 털고
혼자가 되어보자

2

침실의 문을 닫는다
베이지색 드레스
밖에서는 바를 수 없는
몹시 야한
자줏빛 립스틱
그리고 혼자면 된다

벽걸이 촛대에는 빨간 촛불
데크에는 칸초네를 넣고
멋진 크리스탈에
레몬 한 조각 체리 하나
솔 내음 물씬 풍기는
진을 섞는다

3

솔 내음 한 모금은

소중한 여행티켓

혼자 안고 가기엔

너무 벅찬 생이라서

가끔은 쏟아내야 하는 걸까

커지는 아픔

약간의 좌절

나는 운다

4

음악

희미한 촛불

안개처럼 흐느적대며

나그네를 반긴다

바닥

아주 저 밑바닥에 주저앉아

엉엉 소리내며

뭔가를 토해낸다

똑딱

똑딱

똑딱

엄마가 보고 싶어

엄마 품이 그리워

산다는 게 힘들어 죽겠어

엄마도 이렇게 살다 갔수?

5

한 겹

두 겹

여자의 얼굴이 변한다

이제는 웃을 시간이다

여행을 끝낼 시간이다

끙끙 앓듯이 스트레스를 끼고 살아봐야 남 보기에도 밉상이다. 스트레스를 풀 수 있는 자신만의 비법을 개발해두면 많은 도움이 된다. 꼭 '정덕희식'일 필요는 없다. 아주 크게 소리내어 웃어보거나 엉엉 소리내어 마지막 눈물 한 방울까지 쏟아내는 것도 좋겠다. 그깟 체면 때문에 정작 내 안의 우울증과 싸우지 못하는 현대인…… 코미디 프로에 채널을 고정하고 땅바닥 두드려가며 미친 듯이 웃어보자. 빤한 신파 드라

마를 틀어놓고 무릎을 쳐가며 엉엉 통곡해보자.

강의할 때 나는 가끔씩 통곡실습(?)을 한다.

"못 견디게 슬픈 감정이 목까지 차 오르면, 아무 장례식장이나 찾아가 미친 듯 울어보세요. 아이고, 아이고, 으흐흐흐, 아이이고."

소리내어 땅을 치며 그 장면을 현장감 있게 보여주면 이내 강의장은 웃음바다가 된다. 찐하게! 강하게! 짧게! 그리고 미련없이 버리며 살자.

망가지지 않는 이유

"자기가 잘 살았는지 못 살았는지 알 수 있는 때는 자신이 궁지에 몰려 있을 때입니다. 잘나갈 때는 누구나 곁에 있어주지요. 그러나 못나갈 때, 내가 고난의 강을 건너고 있을 때 지인들 중에서 50%가 곁에서 격려하고 보듬어주면 아주 잘 산 인생이라고 해요."

소위 '정덕희 학력파동' 때 명지대 이사장님이 해주신 말이다. 2007년 여름은 내 삶의 중간평가 기간이었다. 그리고 그 결론은 다행히 내가 참 잘 살았다는 것, 그리고 더 잘 살아야겠다는 것이다. 자기 일처럼 가슴아파해주던 그 많은 사람들…… 그 사람들을 위해서라도 나는 망가지면 안 된다.

워낙 '색깔 있는 여자'로 알려지다 보니 방송 초창기부터 열렬한 팬과 안티가 극과 극으로 나뉘었다. 이유 없이 좋아해주시는 분들과 이유 없이 싫어하시는 분들…….

어느날 강의를 하러 경기도 평촌에 갔다가 점심부터 먹으려고 관계자들과 식당에 들렀다. 그런데 장지문 하나 사이로 들려오는 여자들의 수다…… 하필이면 그날 그녀들의 수다메뉴는 다름아닌 '정덕희'였다.

"오늘 회관에 정덕희 온다며?"

"난 그 여자 그냥 주는 거 없이 싫더라."

"왜? 그 여자 열심히 살잖아? 배울 점이 많아서 난 좋던데."

"목소리도 니글니글한 게 좀 가식 같지 않니?"

"나도 처음엔 그랬는데 강의를 한번 들어봐. 대단한 여자야. 그동안 씹었던 것이 미안해 혼났다, 얘."

어떤 말이 더 튀어나올 줄 몰라 옆방에서 듣고 있던 나로서는 그야말로 바늘방석이었다. 이럴 때 발동되는 정덕희식 대처법! 나는 자리에서 벌떡 일어나 장지문을 열고 불쑥 인사를 했다.

"그 여자, 여기 있어요."

자지러지는 일곱 명의 40대 여자들…… 얼굴빛만 봐도 나를 좋아하는 여자, 나를 싫어하는 여자를 한눈에 알아볼 수 있었다.

"자기들아, 모르는 척 옆방에 그냥 있으면 더 씹힐 것 같아서 이쯤에서 내가 끊는겨. 오늘은 말고 나 없을 때 잘근잘근 씹어. 자, 이것도 인연인데 맥주는 내가 산다!"

그리고 한 여자, 한 여자와 덕담을 나누고 손을 잡으며 스킨십을 했다. 여론을 먹고 사는 사람들이 어차피 해야 하는 이미지 관리이기도 하지만, 나는 그 순간 두 손의 온기로 팬들을 직접 느꼈다. 그녀들이 지켜보는 한 나는 절대 망가질 수 없다. 나를 좋아해주는 분들을 위해, 별

볼일 없는 이 여자를 옹호해주는 그분들을 위해 나는 반드시 잘 살아야 한다.

나를 싫어하는 분들도 표현의 방법이 다를 뿐 어쨌든 내게 관심이 있다는 뜻 아닌가. 그분들 또한 내가 망가지지 않게 붙들어 주고 있는 고마운 사람들이다. 호시탐탐 나를 씹는 분들에게 나는 속으로 이렇게 말한다.

'얼마든지 더 씹어주세요. 멋지게 늙어드릴게요.'

원래 창조주가 인간을 만드실 때부터 질투와 시기심을 원료에 섞어 반죽했다는데 어쩌겠는가. 씹고 씹히는 재미 또한 사는 맛 아닐까.

학력파동 문제로 몹시 상심해 있던 어느날 아침, 모 신문사 사장님이 내게 전화를 주셨다.

"다른 생각은 말고 딱 이 생각만 해요. 정덕희 망가지면 웃을 사람들을 먼저 떠올려봐요. 남 잘나가는 꼴 보기 싫어 제보한 그 사람 얼굴을 떠올리라고. 그 사람을 끝내 웃게 만들면 정덕희가 지는 거예요. 얼마나 고소하겠어? 그리 만들면 안 되지요. 정덕희, 정말 열심히 살았잖아요? 누가 뭐래도 씩씩하고 당당하게 살았잖아요. 그런데 왜 망가져요? 다른 생각은 다 버리고 정덕희 망가지면 웃을 사람들 얼굴만 떠올리라고. 정덕희 죽이려고 하는 사람 소원 들어주면 안 되지. 어라, 죽을 줄 알았는데 안 죽네? 하면서 그 사람 씁쓸하게 만드는 게 바로 이기는 거예요. 당장 훌훌 털고 일어나 달걀이라도 부쳐 먹어요. 입이 깔깔해도 꾸역꾸역 밀어넣어요. 그래, 씹어라, 밟아라! 그래도 나는 씩씩하게 계란프라이 먹는다, 내 길 간다! 나도 평사원에서 사장까지 올라오는 동안 갈구는 놈, 씹는 년, 밀어내는 놈, 업어치는 놈, 뒷조사 하는 년 등등 별별 인간들 다 겪었어요. 자리는 하난데 앉고 싶어하는 사람들은 많으니 어떡해요. 산다는 게 원래 죽이기도 하고 밟고 밀치기도 하고 그러는 거지요, 뭐. 그럴 때마다 밀리면 끝장이라는 생각으로 버텨야 해요. 힘내요, 자, 힘내라고!"

실로 엄청난 충격이었지만, 나는 길다면 길고 짧다면 짧은 '30시간' 만에 그 고통의 터널에서 벗어날 수 있었다. 신문사 사장님의 현명한 코칭이 큰 힘이 되었음은 물론이다. 말씀대로 벌떡 일어나 계란을 부쳐 먹으며 내가 망가지면 웃을 사람을 떠올리니 정말로 '안 되지!' 하는 오기가 생겼다. 살다 보면 별일이 다 많다. 그 별일 속에서 끝까지 살아남은 사람들, 그분들이 곁에 있어 얼마나 든든한지 모른다. 👤

그때그때 달라요,
이미지 메이킹

잘나갈 때는 그 어떤 모습도 멋지게 보이는 법, 못나갈 때일수록 이미지 메이킹은 더 중요하다. 2004년 티베트에서 오체투지를 하고 나서 하얗게 센 머리에 고무신을 신고 헐렁한 바지를 대충 입은 모습으로 한국에 돌아왔다. 그 후로도 한동안 나는 그 허정한 스타일을 유지했다. 그렇게 염색하라고 닥달하시던 단골 미용실 원장님의 어드바이스에도 고집스럽게 흰머리로 버텼다. 그런데 고난의 시간을 보낼 때는 오히려 미용실로 찾아가 나는 이렇게 말했다.

"브릿지 좀 해주세요. 검은 색으로."

검은 브릿지를 해달라는 내 주문에 완전히 검정염색을 해준 원장님…… 머리가 검어지니 10년은 젊어졌다고 호들갑이다. 하지만 브릿지를 한 색이 빠지면 나는 다시 '천연 브릿지', 흰 머리를 휘날리며 살 테다. 물론 흰머리는 멋스럽게 보일 수도, 초라해 보일 수도 있다. 자칫 "어머 세상에! 폭삭 늙었더라, 그 여자!" 하는 얘기를 들을 수도 있다.

하지만 그러한 평가는 보는 사람의 마음에 달렸다. 그리고 보는 사람의 마음은 보여주는 사람의 마음에 달렸다. 자신있고 당당하다면 흰머리면 어떻고 고무신이면 어떠랴.

원래 나는 오고가는 차 안이나 공항, 기차역 등에서는 편안한 차림을 하고 정장은 강의장에서만 입었다. 하지만 스캔들에 시달릴 때는 다소 불편해도 반드시 정장으로만 차려입고 다녔다. 가뜩이나 사람들이 모두 '저 여자 무척 힘들 것' 이라고 생각할 텐데 초라해 보이기까지 하면 안 된다는 생각이었다. 어려운 때일수록 이미지 메이킹은 필수라고 생각했다. 말쑥한 정장을 하면 걸음걸이에도 힘이 실린다. 잘나갈 때는 무슨 옷을 입어도 당당해 보이지만, 어려운 시기에는 입는 옷에도 많은 신경을 써야 한다.

가끔은 차별화를 위해 강의장에서 드레스를 입기도 한다. 몸매가 그대로 드러나는 니트 드레스를 입고 여성미를 한껏 뽐내는 콘셉트다. 유명한 의상디자이너 선생님을 찾아가 옷을 맞추며 나는 이렇게 말했다.

"도도하게 해주세요, 도도하게."

윤기 있고 탄탄한 피부를 유지하기 위해 나는 얼굴마사지도 열심히 하는 편이다. 까칠해 보이면 왠지 보는 이로 하여금 지난 세월의 고생을 떠올리게 할까봐, 스캔들에 마음고생한 것으로 보일까봐 기를 쓰고 마사지를 한다. 예전에는 맨얼굴로도 곧잘 다녔지만 이제는 될 수 있는 한 화사하고 밝게, 볼터치까지 신경쓰며 자주 화장을 한다.

나이들어 맨얼굴은 교만이라 했던가. 요즘은 식구들과 외출할 때도 먼저 화장대 앞에 선다. 역시 조금은 찍어 바르는 것이 곱다. 외출할 때면 꼭 누군가와 함께 간다. 혼자 있는 모습은 외로워 보인다. 동행이 있으면 자연스럽게 이야기를 나누게 되고, 그러다보면 생동감이 연출된다. 그리고 일부러 좋은 생각만 한다. 마음이 곧 표정으로 드러나는 것 아닌가. 그래서 늘 밝은 표정으로 크게 웃고 다니려고 노력하는 편이다. 그러니까 나의 화장과 패션과 웃음은 이런 뜻이다. '나, 아무 일 없음!'

누군가에게 작은 의미가 되고 싶다
나로 인해 누군가가 행복하다면……
한 곡의 노래가 순간의 활기를 불어넣을 수 있다
한 송이 꽃이 잠들었던 꿈을 일깨울 수 있다

한 그루 나무가 숲의 시작일 수 있고
한 개의 별이 바다에서 배를 인도할 수 있다
한 마리 새가 봄을 알릴 수 있다
한 번의 악수가 영혼에 위안을 줄 수 있다
한 줄기 햇살이 세상을 환히 비출 수 있다

한 자루 촛불이 어둠을 몰아낼 수 있고
한 번의 웃음이 우울을 날려보낼 수 있다
한 걸음이 모든 여행의 시작이다

한 단어가 모든 기도의 시작이다
한 가지 희망이 정신을 새롭게 하고
한 번의 손길로 마음을 드러낼 수 있다

한 사람의 가슴이 진실을 증명할 수 있고
한 사람의 인생이 세상에 변화를 일으킬 수 있다
이 모든 것에 의미가 있다

기쁨, 딱 그만큼의 고통

나는 어려서부터 유독 '내 것'에 대한 집착이 강했다. 내 것을 워낙 사랑하고 내 것을 꼭 지키며 살아서 '욕심 많은 여자'라는 말을 많이 듣는다. 내 것에 대한 욕심은 부인할 수 없는 내 삶의 본질이다. 무엇이든 내 것이 되고 나면 나는 그것을 미치도록 사랑한다.

단독 주택으로 이사오면서 분양받은 골든 리트리버 강아지 두 마리…… 주먹만 한 금순이, 금동이를 품에 안고 온 바로 그날부터 나의 애견생활이 시작됐다. 집안이 강아지 두 마리 때문에 말 그대로 개판이 되어도 그냥 그럴 수도 있다며 여유를 부린다. 그 좋은 소파를 갉아놓아도, 깨끗하게 새로 바른 벽지를 온통 물어뜯어 엉망이 되어도, 거실이 강아지 똥오줌으로 지뢰밭이 되어도 나는 '내 것'에 대한 사랑으로 오히려 행복을 느낀다.

정원에 심어놓은 잔디는 강아지들 등쌀에 자리를 잡기도 전에 다 죽어버렸고, 두 놈이 하루 종일 먹고 싸는 것을 챙겨주고 치워줘야 하는 번거로움은 말도 못한다. 때맞춰 예방주사에 구충제 먹이고, 네 식구가 총출동해 목욕을 시킬 때면 전쟁도 그런 전쟁이 없다. 내가 개를 기르지 않을 때는 남들이 개와 지지고 볶는 것을 보며 흉도 많이 봤다. 번거로운 저짓을 왜 할까 싶었던 것이다.

행복이란 딱 그 만큼의 고통을 감수할 준비가 되어 있을 때 원해야 하는 것이다. 누누이 말하지만 세상에 공짜는 없다. 아무도 없는 집에 들어섰을 때 송아지만 한두 마리 개가 꼬리를 흔들며 반길 때의 행복감이란! '그 입장이 되어보지 않고서 절대 그 사람을 흉보지 말라' 라는 말이 어찌나 마음에 다가오는지……. 금순과 금동이는 이래저래 내게 많은 것을 가르쳐준 선생님들이다.

금동이 금순이가 우리 가족이 된 지도 어느덧 2년이 지났다. 그동안 집 안에서는 절대로 목줄을 걸어본 적이 없다. 이사를 오면서 아예 경비실만 한 개집을 따로 지었지만, 그 좁은 문틈 사이로 처량하게 눈만 껌벅이는 모습이 안쓰러워 집 안에서는 그냥 풀어놓고 기른다. 한 마리만 기르면 개에게 너무 가혹할 것 같아 처음부터 암수로 두 마리를 분양을 받았고, 두 마리가 함께 어울려 뛰노는 모습을 보면 역시나 잘한 결정이다 싶다. 암놈, 수놈이 어쩌면 그렇게 티를 내는지, 금순이는 애교쟁이에 노상 발발거리고 털까지 뽀얀데 금동이는 듬직한 것이 한눈에도 딱 사내놈이다. 강아지 때만 해도 나갔다 들어올라치면 두 마리 모두 깡총깡총 뛰면서 수선을 떨었건만, 이제는 금동이가 껑충껑충 뛰어도 금순이는 나에게 주는 선물이랍시고 무언가를 물고 와 가만히 꼬리를 흔든다. 그런 모습을 보면 다 큰 어른인 나도 껌뻑 죽을 수밖에 없다.

"아이고, 이 여우! 이제는 오빠와 차별화해서 재롱을 떠내. 못 말려, 정말! 이, 왕여우, 우리 금순이!"

그런데 나중에 알고 보니 금순이가 뛰지 않는 것에는 다 이유가 있었다. 날이 갈수록 움직임이 적어지던 금순이가 어느날부턴가는 한쪽 발을 아예 안 쓰길래 엑스레이를 찍어보니 골반이탈이란다. 골든 리트리버의 가장 큰 고질병이 탈골인데, 성장속도에 따라가지 못하는 뼈 때문에 탈골이 자주 일어난다는 것이다. 수술을 해주지 않으면 앉은뱅이가 되는 치명적인 병이란다. 수술비도 만만치 않다.

진단이 내려지자 문득 금순이에게 미안한 생각이 들었다. 언젠가 들었던 어르신 말씀이 생각났다.

"집나간 개는 찾는 법이 아녀. 개는 영물이라 집에 업이 오는 걸 미리 알아. 주인 대신 그 업을 지고 나간 것이여."

금순이도 혹시 내게 찾아올 고통을 대신 지고 있는 것은 아닐까. 털의 반을 밀어 뼈를 깎아내고 잘라내는 대수술을 마친 후 목에 플라스틱 보호대를 차고 보름이나 입원해 있었던 우리 금순이…… 비실비실 걷다가 쓰러지면서도 나만 보면 반갑다고 꼬리를 흔들던 금순이의 순한 모습이 지금도 눈에 선하다. 문병을 끝내고 병원 문을 나서는 우리를 따라나서겠다며 쇠줄에 묶인 채로 안간힘을 쓰던 그 애틋한 표정도.

그 이후로는 금순이가 잘못을 해도 큰소리도 못 내고 몽둥이도 못 든다. 금순이도 이런 내 약점을 간파했는지 내가 짐짓 인상을 써도 콧방

귀도 안 뀌고 더 살랑거리며 들러붙는다. 아예 내가 삐진 것 같으면 "에이, 엄마 또 왜 그래?" 하는 식으로 한 발로 툭툭 치며 곁눈질을 한다. 금순이와 금동이 때문에 정원이 엉망이 되어도, 돈이 숱하게 깨져도 그 아이들이 선사해주는 행복감이 다 보상을 해준다. 잔디밭 위에 두 마리가 포개져 쌔근거리며 잠든 모습은 내가 너무나 사랑하는 한 편의 풍경화다.

밤이면 밤마다 산책 나가자며 현관문을 두드리고 낑낑대며 보채는 금동이와 금순이……. 골절된 뼈를 잘라냈기에 근육으로 힘을 길러 뼈와 뼈를 이어줘야 금순이가 정상적으로 걸을 수 있다고 해서 정기적인 산책을 시작했다. 그 후로는 습관이 되어 아무리 야심한 시간에라도 꼭 산책을 시켜야만 조용히 잠을 자는 우리집 애물단지들이다.

대가 없이 완벽한 행복, 고통 없이 완전한 만족은 이 세상 어디에도 없다는 것을 알 때라야 정작 행복해질 수 있고 만족할 수 있다.

내가 외식으로 가장 즐겨 사먹는 음식은 칼국수다. 물론 대접받을 때야 우아한 성찬이지만, 내 돈으로 사먹을 때는 십중팔구 칼국수다. 나와 같이 다니는 매니저들이 칼국수라면 물려서 진저리를 칠 정도다. 내가 자주 들르는 바지락 칼국수집이 있다. 얼마나 장사가 잘 되는지 항상 줄 서서 먹어야 하고, 이미 분점도 여러 곳에 냈다고 들었다.

어느날 그집 사장님과 이야기를 하는데, 사장님 왈 "안면도가 그렇게 발전할 줄 알았으면 바지락만 사러 다니지 말고 땅 좀 샀으면 지금쯤 큰 부자가 됐을 텐데 말예요" 하는 것이다. 그때 나는 이렇게 반문했다.

"그때 땅 샀으면 칼국수집은 아마 망했을 걸요? 하느님이 두 가지 다 주시는 법은 없대요. 사장님, 땅부자 되고 칼국수집 망하는 것이 좋아요, 아니면 땅부자는 아니라도 칼국수집 잘되는 것이 좋아요? 둘 중에 하나 고르라면 무엇을 택하실래요?"

"그래도 칼국수집 잘되는 것이 좋지요. 땅 많고 백수인 것보다는 땅 없어도 현역이 낫지요, 뭘."

하느님은 하나 주시면 반드시 다른 하나는 뺏어 가신다. 앞에서 예로 들었던 변호사의 경우처럼, 모든 것을 다 갖춘 것처럼 보이는 집안에도 분명 문제는 있다. '교수' 라는 직함을 달고 만날 전국으로 강의 다니는 나 같은 경우에 가장 부족한 부분이라면 아무래도 학력일 것이다. 한창 학력 스캔들 때문에 속상해할 때 기분전환 삼아 우리 아들에게 농담을 한 적이 있다.

"이 에미가 학력만 빵빵했으면 장관도 했을 거다."

그런데 아들의 대답이 재미있다.

"학력 좋았으면 지금 이 자리까지 못 오셨을 걸요? 아마 지금쯤 '누구 엄마' 소리 들으며 솥뚜껑 운전이나 하고 있겠죠."

그렇다. 하나를 얻으면 다른 하나는 잃는 법. 이성간의 사랑에도 그 환희만큼 고통이 수반되는 법이다. 기다림의 고통, 집착의 고통, 불안의 고통…… 그렇다고 고통이 무서워 사랑을 포기하는 건 바보짓이다. 예상치 못했던 고통에 뒤늦게 허둥대거나 절망하지 말고, 사랑을 시작하려면 처음부터 딱 그 만큼의 고통을 각오하고 시작하자.

그리고 고통이 찾아오면 무조건 도망치려 하지 말고 그 고통을 감내하며 겸허히 받아들이자. 고통을 끌어안을 수 있어야 진정한 행복과 만족을 누릴 수 있는 법이다. ♟

낮추고 또 낮춰라

말이 씨가 된다고 했던가. 2003년 충주 MBC에서 '정덕희의 행복하소서' 라는 토크쇼를 진행할 때다. 충주에는 청각장애인 고등학교에 야구부가 있다. 존재 자체로 감동적일 수밖에 없는 야구부라 후원회도 제법 활성화되어 있다. 봉사단체에서 만나는 사람들은 모두 천사 같은 표정을 짓고 있어 늘 기분좋은 이미지로 기억에 남게 된다.

어느날 후원회에 갔더니 KBS PD라며 인상좋은 한 남성분이 명함을 건넸다. 당시에는 충주 KBS PD라고만 생각하고 있었는데, 우연히 서울 본사 KBS에서 그분과 다시 마주치게 됐다. 아무래도 두 사람 모두 방송이 주된 관심사다 보니 반가운 마음에 방송일과 관련한 농담을 주고받게 되었다.

"이번 여름특집 '도전 지구탐험대' 에 '아줌마가 간다' 코너가 있는데, 아줌마의 대변자 정덕희 씨가 가셔야 하는 것 아닌가요?"

나중에 들어 보니, 나처럼 바쁜 사람이 한 달씩이나 외국에 나가 있어야 한다는 것이 불가능한 일이라 생각하고 그냥 농담 삼아 던진 말이었단다.

"가면 되지요. 그까짓 한 달, 정덕희가 서울 비웠다고 서울이 안 돌아가겠어요?"

물론 나도 농 삼아 던진 말이다. 그렇게 농담으로 시작해 정말로 가게 된 곳이 티베트이다. 아프리카, 인도, 티베트 중 어디를 갈까 고민하다가, 내 인생의 화두가 어차피 행복이라면 '영성의 고향'이라는 티베트에 한번 가보는 것도 많은 공부가 될 것 같아 그곳을 택했다.

불교의 나라, 달라이라마의 나라, 하늘에서 가장 가까운 나라, 순수한 영혼의 나라 티베트……. 한여름에 오지로 가기 위해 짐을 꾸리며 나는 한 달 동안 집중적으로 살풀이춤 한 작품을 배웠다. 장족(藏族)축제에 한국문화를 선보이기 위함이었다.

티베트에서의 가장 인상적인 경험은 역시 카일라스 성산 5700미터까지 오체투지를 한 것이다. 지금이야 베이징에서 라싸까지 철도가 연결되었다지만 내가 갔을 때만 하더라도 비행기가 유일한 교통수단이었을 정도로 순수의 땅이었다. 해발 4000미터 이상을 올라가면 산소부족으로 고산병에 걸리게 되므로 오체투지에 도전하기 전 티베트의 수도 라싸에서 며칠간 현지적응을 했다. 약 4500미터의 고산지대 초원에서 유목민들과 함께 야크 젖도 짜보고, 치즈도 만들어보고, 야크의 배설물로 불도 지펴보며 열흘쯤을 보냈다.

하늘과 땅이 너무나 가까이 있어 구름이 손 안에 잡힐 듯 아름다운 곳…… 비가 오면 빗줄기가 하늘과 땅에 실선을 그린 듯 선명했고 햇볕은 너무나 강렬해 현지인들의 피부에 얼룩무늬를 그렸다. 맑은 공기 때문에 먼 거리도 가깝게 느껴져 공간개념이 전혀 다른 땅, 가진 것 없어도 마냥 행복한 사람들의 순수한 영혼이 초원과 산비탈 속에 살아 숨쉬는 곳이 바로 티베트였다.

어느 정도 고산기후에 적응이 되었을 즈음 탱크처럼 생긴 투박한 차를 빌려 타고 우리 일행은 카일라스 성산(수미산)으로 떠났다. 라싸에서 출발한 우리는 길 없는 길의 흔적을 따라 숨을 헐떡이며 꼬박 나흘을 달렸다.

드디어 수미산. 전장에 나갈 때 쓰는 투구를 쓴 듯 수미산 정상은 흰 눈으로 덮여 있었다. 우리는 일 년 내내 눈이 녹지 않는 신비의 산 수미산을 향해 길을 떠났다. 하나, 둘, 셋, 그리고 땅바닥에 엎드려 잠시 숨을 고르고, 다시 일어나 하나 둘 셋 하고는 또 엎드린다.

횟수를 거듭할수록 무아지경에 빠져들면서 머릿속이 새하얗게 비어간다. 하나 둘 셋 그리고 엎드렸다 다시 하기를 수천 번 반복하는 육신…… 그러나 마음에는 평화가 가득하다. 마침내 눈보라치는 꼭대기에 다다라 눈 속에 엎드렸을 때 나는 이미 없었다.

뜨거운 몸과 뜨거운 감정을 날리는 눈이 식혀주는 가운데 가슴은 서서히 침잠한다. 바닥에 누우니 세상이 편하다. 엎드려 낮추니 태어나기 전 엄마의 뱃속 양수 속에 있는 듯 편안하다. 오체투지에서 얻은 깨달음은 낮춤의 미학이다. 낮추어 보라, 낮추고 낮추어 땅바닥에 몸을 맡겨 보라.

오체투지는 나를 성숙시켜 주었다. 천주교에서 사제서품을 받을 때, 경건한 음악이 흐르는 동안 신부들은 마룻바닥에 얼굴을 댄 채 두 팔 벌려 완전히 엎드린다. 낮추게 하소서, 낮추어 살게 하소서.

낮춤은 편안한 삶의 기술이다. 남편에게 낮추면 집안이 편안하고, 옆집 여자한테 낮추니 싸가지 있다고 좋아한다. 높이 올라갈수록 낮춰야 하는 삶, 낮추고 더 낮추어 살다 가겠다.

2007년 여름에는 설악산 대청봉에 올랐다. 비 맞으며, 바람 매 맞으며 대청봉에 오르니 시야가 시원하게 뻥 뚫린다. 맑은 날이 많지 않다는 대청봉이지만 다행히 우리가 정상에 올랐을 때는 딱 10분간 구름 띠 위로 햇살이 반짝 비춰주었다. 내설악, 외설악이 눈 아래 있다. 저 아래 마을들은 모델하우스의 축소물 같고, 집들은 성냥갑 같다. 봉우리 정상에 앉아 잠깐 숨을 돌리고 있자니 땅 위에 바짝 엎드려 쥐 죽은 듯 누워 있는 향나무가 눈에 들어온다. 높게만 자라려는 식물의 본능을 버리고 이곳 바람부는 대청에서는 옆으로, 옆으로 제 몸을 퍼트리며 살고 있다.

"바람불거든 납작 엎드려 바람길을 내줘야 하느니, 바람부는 대청에서 나 잘났다 꼿꼿이 고개 들고 버텼으면 지금껏 살아남지 못했을 것이다. 살아 있어야 생명이니, 바람이 거세면 마냥 낮추고 기다려라."

늙은 향나무가 하는 말에 멍하니 대답도 못하고 그냥 듣고만 내려왔다. 낮추고, 또 낮추란다. 바람불면 바람길 내주며 납작 엎드려 제 몸을 흩트리란다. 대청에 올라오길 참 잘했다. 그냥 한때 추억으로 잊을 뻔했던 티베트 오체투지의 기억을, 그 교훈과 깨달음을 대청은 새삼 내 안에 되살려주었다. ♟

사람과 사람 사이에는 일정한 거리가 필요하다.
내 곁에 사랑하는 사람들을 오래 머물게 하려면
그 관계에 집착할 것이 아니라 일정한 거리를 두고
자신의 가치를 높이는 데 힘써야 한다.

Chapter 2

잘난 세상 못난 세상

내 몸이 명품이다

요즘 가장 안타까운 것이 있다면 '중년의 아름다움'을 찾아보기 힘들다는 것이다. 한동안 보이지 않다가 어느날 TV에 다시 등장한 중년의 여배우를 보면, 예전의 모습은 간 데 없고 전혀 다른 여자가 되어 있다. 그런데 목소리는 분명 그 사람이다. 약간 늘어진 편안한 인상이 매력적이었던 여배우가 갑자기 주름 하나 없는 팽팽한 얼굴로 나오니 매력은커녕 이도 저도 아닌 무미건조한 느낌이 들고 때로는 기괴하다는 생각까지 들 때가 있다. 다양성과 성숙미를 잃어버린 사회가 된 듯하여 씁쓸하다.

내가 아는 중년여성이 한 분 있다. 경남 사천에 사는 장어집 안주인인데 그야말로 '명품 여성'이다. 전국을 돌아다니는 게 일이다보니 각 지방에 따라 이것저것 먹어보는 것 또한 큰 기쁨이다. 그러다보면 전국 곳곳에 언니, 동생들이 생긴다. 특히 그 장어집 안주인은 내가 친정어머니처럼 편안하게 따르는 분이다. 한때 멋진 선장이셨던 부군과 함께 나이들어 사천에 터를 잡고 도란도란 옛날이야기 하며 아름답게 살고 계시다. 젊어서는 바다로 나가 몇 달 만에 잠깐씩 돌아오는 남편만 바라보고 산 세월인데, 밭이 좋았는지 씨가 좋았는지 어쨌든 바깥양반이 집에 돌아올 때마다 애가 하나씩 들어섰다나.

얼굴은 그 사람의 자서전이라는 말이 있다. 그 사람 얼굴을 보면 그동안 어떻게 살아왔는지 대충 짐작이 갈 때가 있다. 특히 나이들어서의 얼굴에는 그 사람의 이력이 고스란히 배어 있는 경우가 많다. 막 산 얼굴과 잘 산 얼굴이 분명 다르다. 나이들어 얼굴 팽팽하게 만드는 것이야 돈만 들이면 몇 시간 안에 된다. 그러나 진짜 명품 얼굴은 공사기간이 오래 걸린다. 명품 얼굴은 메스나 주사가 아니라 마음으로 만들어지는 것이기 때문이다.

그 안주인의 얼굴은 평화의 얼굴이다. 사람 좋아 보이는 살짝 처진 눈매, 은근한 미소, 말이 없어도 저절로 들리는 말, 표현하지 않아도 겉으로 물씬 드러나는 인정과 사랑…… 그런 분위기 때문에 나는 그분을 대할 때 마다 꼭 돌아가신 친정엄마를 다시 만난 듯해 마냥 기대고 어리광을 부린다. 나이들어 건강이 부쩍 나빠진 남편을 극진히 섬기며, 손님들을 식구 거두듯 깔끔하게 정성으로 대접하는 그녀는 주어진 삶을 있는 그대로 받아들이며 조용히 자신의 인생을 채워나가는 포근한 중년이다.

왜 고난과 고통이 없었겠냐마는 그 얼굴에서 고단했던 지난 세월의 흔적은 전혀 찾아 볼 수 없다. 그저 평화의 얼굴이다. 안팎으로 바삐 살아야 하는 일상에 피부는 까칠하지만 아름다운 웃음주름이 있어 좋고, 차가운 바닷바람에 물 마를 날 없어 투박하게 갈라진 손이지만 친정엄마 손처럼 따뜻하고 정감 있어 좋다.

그런가 하면 참 안된 얼굴도 있다. 어느날인가 평소 가깝게 지내는 꽃집 주인을 따라 어느 빌라의 넓은 정원을 구경간 적이 있다. 나 또한 전원주택을 관리하다보니 조경에 관심이 많아 안목도 넓힐 겸 동행한 길이었다. 첫눈에도 무척 부잣집이었는데, 안주인을 만나는 순간 눈을 어디 둬야 할지 몰라 몹시 당황스러웠다. 골프장을 운영하는 집안의 사모님이라는데, 우아한 드레스 차림에 애완견을 안고 있는 그분의 얼굴은 인조인간에 가까웠다. 보톡스를 얼마나 맞았는지, 팽팽한 정도를 넘어 아예 터지기 일보직전의 풍선처럼 보였다. 게다가 잘못된 쌍꺼풀에 속눈썹까지 붙인 모습이었다. 손가락에는 다이아몬드 반지, 목이 꺾일 듯 알 굵은 진주목걸이, 왼팔에는 명품시계, 오른팔에는 번쩍이는 금팔찌, 부담스러워 보이는 큰 귀고리…… 몸 전체가 귀금속 진열장이나 다름없었다. 돈 많다고 더 크게 소리치지 못해 답답해 죽겠다는 듯한 모습이었다. 둘 곳 모르던 내 눈길이 겨우 머문 곳은 애완견의 털 사이로 삐죽이 나온 새빨갛고 긴 손톱이었다. 명품으로 온몸을 도배했지만 그분에게서 풍기는 이미지는 싸구려였다.

세월이 고스란히 담긴 자연스럽고 인자한 얼굴이었다면 아무리 싸구려를 걸쳐도 명품 여인으로 보였을 것이다. 내가 다니는 미용실에서 모 재벌기업 회장의 모친을 뵌 적이 있다. 일흔이라는 나이가 믿기지 않게 고운 자태, 하얀 백발머리에 투명한 피부, 고즈넉함이 배인 편안한 표정, 나직한 목소리와 기품 있는 손짓, 검소하지만 우아한 옷차림에 단정한 걸음걸이까지 한데 어우러져 실로 눈이 부실 정도였다. 나는 한눈에 그 할머니에게 반해버렸다. 머리 하는 내내 나는 거울 속에 비친 그 할머니를 훔쳐보며 내 노년의 모습을 상상했다. 내 나이 일흔에 과연 저런 모습일 수 있을까? 그런 모습이고 싶다. 젊음으로는 감히 흉내낼 수 없는 그 할머니의 자태를 내것으로 만들고 싶다.

잘 발효된 얼굴은 고독, 절제, 인내, 고뇌, 포용, 사랑, 배려, 낙관, 순수, 체념, 소망이 모두 한데 어우러져 빚어낸 하나의 예술품이다. 그런 예술품 주변에서는 모든 하찮은 것들도 다 명품이 된다.

추억을 저축하라

'청춘을 돌려다오!'

나이든 사람들끼리 모이면 곧잘 튀어나오는 말이다. 그러면 나는 꼭 이렇게 말한다.

"청춘으로 돌아가면 뭐하나? 당신들 젊은 날은 괜찮았나봐? 난 젊은 날을 돌이켜 봐도 힘들었던 일만 생각나. 그런 어려움 속에서도 잘 견디고 지금껏 살아낸 게 오히려 대견하지. 돌아가라고 해도 난 다시 돌아가지 않을 거야. 돌아가면 뭐해? 돌아가 봤자 결국은 다시 이 나이로 돌아올 거 뻔한데. 그냥 남은 시간을 보람있게 채워가고 싶어."

말없이 주억거리는 사람들…… "그래도 다시 젊어진다면 정말 멋지게 살 수 있을 것 같은데……" 하며 한숨 쉬는 사람도 꼭 있다. 그러면 또 내가 이렇게 말한다.

"지금 못 사는 사람이 돌아간다고 잘 사나? 지금 못 사는 사람은 돌아가도 또 못 사는겨. 다 습관이고 패턴이야. 지금 잘 사는 사람은 청춘으로 돌아가도 잘 살겠지. 그치만 지금 못 사는 사람은 청춘으로 돌아가도 똑같이 못 살다가 나이들어 다시 '청춘을 돌려다오~' 한다니까."

그 정도 해두면 그제야 항복했다는 표정으로 다들 웃는다.

아무런 리허설 없이 알몸으로 연기해야 하는 가장 무서운 생방송이 바로 인생이다. 나중에 좀 더 잘할 걸 하고 후회해봤자 한 번 나간 방송은 이미 내것이 아니다. 차라리 매순간을 즐기며 사는 게 좋다. 그때그때의 맛과 멋을 가꾸고 즐기며 나름대로 충만한 마음으로 살아가는 게 좋겠다.

딸아이의 나이가 올해로 스물여섯, 내가 결혼했던 나이다. 결혼연령이 많이 늦춰진 요즘, 딸아이가 데이트하러 간다며 곱게 차려입고 나가는 모습을 보면 왜 그렇게 예쁘게만 보이는지. 걸치고 나가는 옷이 너무 예뻐 보여 한번은 딸아이가 외출하고 없는 틈에 몰래 딸 방에 들어가 딸의 옷을 입어본 적이 있다. 몸매는 그럭저럭 딸아이와 비슷한데, 이상하게도 딸아이가 입었을 때랑은 영 태가 다르다. 못내 씁쓸해하며 그렇게 가버린 시절을 새삼 절감했다.

20대 때 우리가 즐겨 입었던 미니스커트는 요즘 젊은 아가씨들이 입는 미니스커트와 별다를 것도 없다. 그나마 달라진 것이 있다면 요즘에는 자를 들고 덤벼드는 경찰이 없을 뿐. 그럼에도 미니스커트를 입은 발랄한 20대의 내 모습은 이제 색 바랜 앨범 속에나 있을 뿐이다. 미니스커트는 20대에 입어야 제격이다. 20대가 넘으면 도무지 입을래야 입을 수 없는 옷이 된다. 아무리 다리에 자신이 없어도 20대라면 꼭 한 번쯤 입고 넘어가야 나중에 후회하지 않는다.

이사하면서 드레스룸이 생겨 철지난 옷까지 다 꺼내 걸었다. 그러던 중 10년 전 한 유명 디자이너로부터 선물받은 옷이 눈에 띄어 그때를 생각하며 한번 입어보고는 화들짝 놀라 얼른 벗어던진 일이 있다. 거울 속에 비친 내 모습이 너무나 초라해 보여 주위에 아무도 없음에도 행여 누가 볼까 무서웠던 것이다. 40대 옷과 50대 옷도 그 느낌과 분위기가 전혀 다르다. 사람의 얼굴과 마찬가지로 옷 또한 발효된 인생의 색조와 어울려야 하는가보다.

젊어서는 요조숙녀, 신사처럼 살다가 나이들어 망가지는 노인들을 볼 때가 간혹 있다. 물론 젊어서 안 해봤으니 나이들어서라도 무엇이든 한 번쯤 해보겠다는 심사도 크게 흉될 것은 없다. 하지만 쏜살같은 세월에 초조해진 탓인지 평상심을 잃은 듯 '오바' 하는 노인들을 볼 때는 측은지심마저 든다. 소위 '묻지마 관광'을 다니며 서로서로 속 빤한 추파를 던지고 노는 노인들을 볼 때면 그 씁쓸함이란 이루 말할 수 없다.

야박한 소리인 줄 모르겠지만, 불꽃같은 사랑은 역시 인생의 봄에 어울린다. 젊을 때 한 번쯤 끝간데없이 놀아보는 것도 괜찮다. 한 번 제대로 놀아본 사람은 노는 것도 별것 아니라는 것을 알기에 뒤늦은 호기심 때문에 망가질 일이 없다. 만약 인생에서 단 한 번도 화끈하게 놀아본 적이 없다면, 한 살이라도 젊을 때 화끈하게 놀아볼 것을 권하고 싶다.

크리스마스 이브, 딸아이가 친구들과 안성 집에서 파티를 하겠다며 집을 빌려달라고 한다. 이런 모처럼의 행사에 그냥 점잖게 집을 비워줄 정덕희가 아니다. 나는 딸아이가 친구들과 함께 집에 도착하기 전에 보일러를 올려 실내를 충분히 덥혀놓은 후 꼬마전구로 크리스마스트리를 만들고 촛불을 켜서 파티 분위기를 냈다. 깜짝 놀라 환호성을 지를 딸아이와 친구들을 생각하며 나는 조용히 서재에 틀어박혀 밀린 글을 썼다.

잠시 후 걸려온 딸아이의 전화.

"와우! 우리 엄마 짱! 우리 엄마 캡! 엄마 사랑해!"

친구들의 왁자지껄한 소리를 배경으로 술을 한잔 했는지 혀꼬부라지는 소리로 애교를 떠는 딸아이의 전화를 받는 기쁨이라니! 그 자리에 함께 어울리지는 않았지만, 나 또한 그 시절로 돌아가 크리스마스 분위기를 만끽하고 있었다. 왁자지껄 번잡한 명동거리를 걷지 않아도, 조용한 서재 안에서 나는 자선냄비의 따뜻한 종소리와 낭만적인 캐롤을 듣고 있었다.

'기천불'을 아시나요

나의 고향친구들 중에 나와는 마치 실과 바늘처럼 서로가 서로의 그림자가 되어주는 친구가 있다. 누군가가 내 안부를 알고 싶으면 그 친구에게 묻고, 그 친구 안부가 궁금한 사람은 내게 연락할 정도로 고향친구들 사이에서도 둘 사이는 공인된(?) 관계다. 그 친구는 지금 전도사로 일한다. 피차 하는 일이 달라 자주 만날 수는 없지만 늘 바로 옆에 있는 것처럼 가깝게 느껴진다. 모처럼 만나 식사라도 하게 되면 그 친구는 반드시 기도부터 올린다.

"이런 아름다운 시간을 허락해주신 주님……."

이렇게 시작하는 기도는 나에 대한 그 친구의 신뢰와 사랑만큼이나 길게 이어진다. 나도 고개를 숙이고 겸허한 마음으로 친구의 기도에 동참한다. 기도가 끝나면 함께 어린 시절로 돌아가 장난꾸러기처럼 목청을 높여 크게 외친다. "아멘!"

이런 나의 행동을 본 사람들은 내 종교가 영락없이 기독교라고 생각한다. 하지만 나는 어려운 시기에 설악산 봉정암에 올라 목탁소리, 풍경소리, 염불소리를 들으며 마음을 정리했다. 불교집안에서 자라난 나는 불가의 소리들을 들으면 이상하게도 마음이 차분히 가라앉고 모든 것이 정리되는 듯한 기분이 된다. 그런데 참고로 말해두자면 나의 세례명은 미카엘라다. 남편이 마음을 잡지 못하던 80년대, 남편을 위하여 함께 성당에서 세례를 받았다. 남편은 지금 모 성당에서 성체봉사를 할 정도로 독실하다.

말하자면 내 종교는 '기천불'이다. 기독교, 천주교, 불교를 다 믿는다는 얘기다. 정치인들 사이에서는 '낙선하지 않으려면 기천불을 믿어야 한다'는 말이 있단다. 그래야 떨어져나가는 표가 없다나. 그렇다고 내가 공인이랍시고 기천불 운운하는 것은 물론 아니다. 성숙한 종교, 진실한 종교인은 타종교, 타인의 종교를 인정할 수 있어야 한다고 믿기 때문이다. 내 종교가 귀하면 남의 종교도 귀한 법이다. 사실 어느 종교나 그 심원을 좇다 보면 휴머니즘과 겸허라는 공통의 가치를 핵심으로 하고 있다는 것을 알 수 있다. 그래서 나는 종교에 관한 한 무척이나 자유롭고 넓은 마음으로 산다.

아파트에서 단독주택으로 이사하던 날, 나는 이웃의 종교를 배려한다는 마음으로 떡을 두 가지로 준비했다. 시루떡 한 말, 찰떡 한 말. 문패에 십자가가 붙어 있으면 찰떡, 아무 표시가 없으면 시루떡을 돌렸다. 원래 우리 전통문화에서는 새로 이사온 사람들이 이웃들에게 시루떡을 돌리는 게 예절이지만, 예전에 친구네 집에 놀러갔다가 충격적인 장면을 목격한 바 있어 이후로는 생각이 좀 바뀌게 되었다.

몇 년 전 부천에 강의를 갔다가 우연히 중학교 동창을 만났다. 그 친구의 이름도 기억이 가물가물할 정도로 추억의 공유는 그리 많지 않은 친구였는데, 그 친구는 나하고의 기억을 하나하나 들추어내며 자기 집에 들러 차라도 먹고 가야 서운하지 않겠다며 막무가내로 잡아 끌었다. 이렇게 표현하면 좀 그렇지만, 사실 당시에는 호들갑스럽게 '오바' 하며 다가서는 그 친구의 태도가 그리 탐탁진 않았다. 하지만 잠시 도닦는 심정으로 친구의 수다에 적당히 맞장구를 쳐가며 함께 차를 마셨다. 그러다 갑자기 그 집의 초인종이 울리고, 현관에 잠시 나갔다 온 친구가 한 손에 접시를 든 채 투덜거리며 돌아왔다.

"귀신 붙은 떡을 왜 돌려, 재수없게."

그러더니 갑자기 떡접시를 통째로 쓰레기통에 버리는 것이 아닌가. 그 모습에 너무나 어이없어 말문이 막힌 나는 서둘러 그 자리를 뜨고만 싶었다. 간혹 기독교에 지나치게 심취한 젊은 사람들이 그런다는 소리는 들은 적이 있지만 나이 오십 넘은 사람이 수십 년 만에 만난 친구 앞에서 그런 행동을 하는 걸 보니, 귀신은 바로 그 친구 머릿속에 들어 있는 게 아닐까 의심하게 될 정도였다.

소녀 때의 추억을 공유하는 두 여자가 각자 다른 세월을 살다 보니 결국은 서로 가치를 공유할 수 없는 사이가 돼버렸구나 싶어 내심 큰 충격을 받았다. 그 순간 나는 그녀의 행동, 그녀의 말투, 그녀의 영혼이 불쌍해 보였다. 그리고 슬펐다. 그녀 또한 무언가에 절실하게 매달리지 않으면 안 될 사연들을 거듭 겪다보니 그 정도로 종교에 집착하게 된 것이겠지…… 그런 안쓰러운 생각이 들어 그집을 서둘러 나오면서도 나는 그녀를 꼬옥 포옹해주었다.

그날 일을 생각하면 꼭 떠오르는 사람이 있다. 내가 강단에서 활동하기 전 전업주부로 살고 있을 때 같은 연립주택에 살던 교회 집사님이다. 나보다 일곱 살이나 많았던 그분은 어쩌다 내가 외출이라도 할라치면 싫은 내색 한 번 없이 어린 우리 아이들의 보모를 자청해 주시곤 했다. 깨어 있는 시간에는 늘 '사랑'과 '감사'라는 단어를 입에 달고 살던 분이다. 그러면서도 그분은 결코 자신의 종교적 신념을 나에게 강요하지 않았고, 평소에는 아예 종교색을 드러내는 법이 없었다. 함께 이런저런 세상일로 수다를 떨다 보면 부지불식간에 내 영혼이 다 세탁되는 느낌이 들 정도로 맑은 분이셨다. 조용조용 말씀하시면서도 인간사 모든 일을 긍정적으로 변모시키는 언어의 마술사라고나 할까.

내가 경제적으로 한창 어려움을 겪고 있던 어느 해 여름, 내가 집사님에게 "이번 휴가 어디로 가세요?" 하고 물었더니 "뭐, 아주 가까운 곳으로 잠깐 다녀오려고……" 하신다. 나중에 알고 보니 제주도로 다녀오셨단다. 그래서 나중에 "제주도가 가까운 곳인감?" 하며 빈말로 타박을 했다가 돌아오는 말을 듣고 나는 하마터면 울 뻔했다.

"승필네는 휴가를 못 가는데 나만 제주도 다녀온다고 하면 승필엄마 속상하잖아. 그래서……"

내 종교가 기천불이라고 하면 그런 게 어딨냐며 질색을 하는 분들도 있다. 하지만 나는 상관하지 않는다. 누가 뭐라든 나는 어느 한 종교에 치우치지 않고 선하게, 사랑으로 봉사하고 감사하며 살겠다. 나는 누구와 식사를 할 때면 서두르지 않고 상대가 기도할 시간을 준다. 상대가 기도를 하면 나도 눈을 감고 감사와 겸허의 마음으로 함께 묵상한다. 상대가 통성기도를 하면 나도 함께 '아멘'을 말한다. 상대가 성호를 그으면 나도 성호를 긋고, 상대가 합장을 하면 나도 고개를 숙이며 다소곳이 합장한다.

얼마 전 만난 모 건설회사 전무님과 이런저런 대화를 하다가 종교이야기가 나왔다.

"나이들어 보니 종교는 하나쯤 있어야겠더라구요. 죽어서 영안실이 썰렁하지 않으려면 믿기는 뭔가 믿어야 할 것 같은 거예요. 그래서 처와 심각하게 상의를 해봤지요. 그런데 기독교를 선택하자니 얼마전 아프가니스탄에서 물의를 일으켰던 분당의 그 교회가 생각나서 싫고, 천주교를 선택하자니 그 정치색 짙은 성직자단체 때문에 싫고, 불교를 선택하자니 또 얼마전 정가를 떠들썩하게 했던 그 여자 큐레이터가 생각나는 거예요. 허허, 이것 참. 이거 걸리고 저거 걸리고 하니 뭐 선택할 종교가 있어야 말이지요."

그래서 내가 "전무님도 기천불을 믿으세요. 내가 교주니까." 하고 우스개를 했더니 "맞아, 그 방법이 있었네!" 하시며 크게 웃는다.

이것 해주세요, 저것 해주세요 하며 오로지 자신만을 위한 기도를 입에 달고 사는 사람이라면 하나님도 부처님도 알라신도 다 외면하실 것이다. 사랑과 감사의 마음으로 생활 속에서 이웃사랑과 봉사를 실천하며 사는 사람이라면 그 종교에 상관없이 하나님도 부처님도 알라신도 다 예뻐하실 것이다. 만약 그렇지 않다면 진정한 신도 아니고 진정한 종교도 아닐 것이다.

뒷모습이 아름다운 사람

저리 가거라 뒤태를 보자

이만큼 오거라 앞태를 보자

아장아장 걸어라 걷는 태를 보자

방긋 웃어라 잇속을 보자

아매도 내 사랑

춘향전에 나오는 그 유명한 '사랑가' 대목이다. 사랑에 빠진 이 도령이 "얘, 춘향아, 우리 한번 업고 놀자." 하니 춘향이 "아이고 부끄러워. 어찌 업고 논단 말이요? 건넌방 어머니가 알면 어떻게 허실려고 그러세요?" 하고 짐짓 쑥스러워한다. 이 도령이 되받아 "너의 어머니는 소시 때 이보다 훨씬 더했다고 허드라. 잔말 말고 업고 놀자." 하면서 부르는 노래가 바로 '사랑가' 다. 그런데 그 가사를 가만히 들여다 보면, 역시 이 도령이 여자 보는 눈은 있었던 모양이다. 춘향이더러 '뒤태' 부터 보자고 한 걸 보면 말이다. 뒷모습이 아름다운 사람이 진짜 아름다운 사람이다.

초등학교 교사로 일하는 친구가 들려준 이야기 한 토막. 한 학급 약 30명 내외의 학생을 데리고 있다 보면 유독 기억에 남는 학부모도 있기 마련인데, 어느 해인가 마지막 수업을 마치고 교실을 정리하는데 유난히 초라한 모습으로 찾아온 경숙엄마가 바로 그런 케이스였단다. 수줍어 제대로 말도 못하고 쭈뼛쭈뼛 내미는 선물꾸러미…….

"죄송해요, 선생님. 그 동안 찾아뵙지도 못하고…… 사는 게 뭔지 도리도 못하고 살다가 그래도 연말에 감사하단 말씀은 드려야겠기에 염치불구하고 이렇게 늦게 찾아와 인사드립니다. 일 년 동안 저희 아이를 잘 돌봐주셔서 정말 감사합니다."

진심으로 죄스러워하는 모습이 너무나 순수해 보였던 40대의 경숙엄마. 진심어린 감사의 마음이 가득했던 눈동자. 투박한 손이라도 보일까 두 손을 애써 감추려는 그 모습에 가슴이 뭉클하더란다. 그 친구의 말로는 대부분의 어머니들이 학기초면 너도나도 선물을 들고 찾아오지만 의례적인 인사치레라 그런지 별 감흥이 없단다. 학년이 끝나는 날 찾아와 소박한 마음을 전해주는 분이야말로 정말 고마운 학부모 아니겠느냐는 것이다. 그 뒷모습이 하도 고맙고 아름다워 보여 운동장을 가로질러 가시는 내내 창밖으로 내다보았다고 한다.

사실 남이 안 하는 행동을 해야 감동도 줄 수 있고 기억에도 오래 남을 수 있는 법이다. 자기가 필요할 때만 상대에게 잘하는 척하면 상대도 바보가 아닌 이상 그 심중을 빤히 알 수 있다. 그래서 뒷모습이 아름다워야 한다는 얘기다. 내가 가끔 학부형을 상대로 하는 강의에서 이런 말을 하면 어떤 어머니는 '학년이 다 끝났는데 뭐하러 찾아가느냐' 며 반문한다. 하지만 그건 하나만 알고 둘은 모르는 얘기다. 하다못해 현실적인 처세술의 측면으로 보더라도 그렇지 않다. 다시 초등학교 선생인 친구의 말을 들어보면 이렇다.

"나도 모르게 마음이 쓰여 학기 초에 그 아이의 새 담임을 찾아가 잘 부탁한다는 말을 하게 되더라구. 어쩔 땐 새 담임이 먼저 물을 때도 있어. 일 년 동안 만나본 학부형 중에 교양 있고 괜찮은 사람이 누구누구냐고."

결혼 전 어느 등산모임에 갔다가 알게 된 남자와 6개월쯤 연애를 한 적이 있다. 여섯 딸을 둔 집안의 막둥이 아들이었는데, 만날 때마다 까다롭게 굴어 좀 피곤한 스타일이었다. 결국 나는 만남을 끝내겠다는 생각으로 선물을 준비했다. 작은 목각인형이었다. 거기에 만남이 시작된 날짜, 끝나는 날짜와 함께 '그동안의 추억, 감사한 마음으로……' 라는 문구를 새겨넣었다. 그런데 결혼 후에 그 남자를 우연히 두 번이나 다시 만났다. 한 번은 아이들이 아직 어리던 시절 전업주부로 압구정동에 살 때였다. 부엌에서 입던 옷에 슬리퍼를 찍찍 끌고 쇼핑센터에 나갔다가 모 회사 판촉매장에서 그 남자를 만났다. 스스로 생각해도 너무나 원초적인(?) 내 모습이 부끄러워 장도 보지 않은 채 집으로 줄행랑을 쳤다.

그 남자를 두 번째로 만난 것은 내가 40대 초반일 때다. 한창 커리어 우먼으로 활동하던 무렵이라 그날도 강의문제로 누군가를 만나려고 지하철을 타고 가는데, 문득 그 남자가 시야에 들어왔다. 좌석에 앉아 다리를 꺼떡이며 신문을 보고 있던 그는 누군가가 열심히 주시하고 있는 줄도 모르고 하품까지 쩍쩍 해대고 있었다. 그때는 자신감으로 충만해 있던 때라 나는 용기를 내어 그에게 다가가 말을 건넸다.

"저를 기억하세요?"

그런데 웬걸, 전혀 모르겠다는 눈치다. 약간 자존심도 상했지만 이왕 말을 건넸기에 몇 마디 말로 기억을 상기시켰더니 그제야 알아보고 반가워한다. 허스키한 음성에 발음이 똑부러지는 여자가 다짜고짜 말을 거니 "예수 믿으세요?"나 "도를 아십니까?" 정도로 알았다나. 양재동에서 같이 내리게 된 그 남자가 차 한잔을 제안했다. 하지만 아줌마 아저씨가 사연 만들어봤자 골치만 아픈 법, 나는 웃으며 정중히 거절했다.

"20대에 알았던 남자를 40대에 우연히 지하철에서 다시 만나 '저를 기억하세요' 했던 것처럼, 훗날 70대쯤 어느 양로원에서 우연히 만나도 제가 먼저 아는 척을 할게요. 허스키하고 똑부러지는 발음이 아니라 바람 새는 소리로요."

그래도 끝까지 멋져 보이고 싶었던 모양이다. 나는 충분히 걸어갈 수 있는 거리임에도 모범택시씩이나(!) 잡아탔다.

내가 지금껏 알아왔던 사람들, 지금 내가 만나고 있는 사람들은 언제 어떤 모습으로 다시 만나게 될지 모르는 사람들이다. 만남 그 자체에도 물론 충실해야 하겠지만 만남의 매듭도, 뒷모습도 열심히 가꾸며 살아야겠다. 누구를 언제 어디서 다시 만나더라도 웃으며 반가워할 수 있도록 말이다.

허튼 게 허튼 게 아니여

모든 것에서 모든 것에게로 가려면 모든 것을 떠나야 한다.

모든 것을 맛보고자 하는 사람은

어떤 맛에도 집착하지 않아야 한다.

모든 것을 알고자 하는 사람은

어떤 지식에도 매이지 않아야 한다.

모든 것을 소유하고자 하는 사람은

어떤 것도 소유하지 않아야 하며

모든 것이 되고자 하는 사람은

어떤 것도 되지 않았어야 한다.

자신이 아직 맛보지 않은 어떤 것을 찾으려면

자신이 알지 못하는 곳으로 가야 하고,

소유하지 못한 것을 소유하려면

자신이 소유하지 않은 곳으로 가야 한다.

모든 것에서 모든 것에게로 가려면
모든 것을 떠나 모든 것에게로 가야 한다.
모든 것을 가지려면
어떤 것도 필요함이 없이 그것을 가져야 한다.

불가의 게송 같지만 실은 성 요한의 시 '모든 것' 이다. 진리는 하나로 통한다. 얻고자 하면 버리라는 것.

내가 지금까지 만나본 수많은 부자들 중 진짜 알부자들은 돈 있는 티를 내는 법이 없다. 진짜 똑똑하고 많이 배운 사람은 섣불리 아는 체를 하지 않는다. 진짜 프로는 스스로 프로라고 말하지 않는다. 항상 어중간한 사람이 제멋에 설치고 남을 업신여기며 우쭐대는 것이다.

은행에서 근무하는 사람들의 접객 3원칙이 '옷차림에 속지 말고, 명품에 속지 말고, 허풍에 속지 말자' 란다. 진짜 부자는 굳이 차려입지 않아도 꿀릴 것이 없으므로 옷차림에는 별로 신경을 쓰지 않는 경우가 많다고 한다. 그래서 은행원이 점퍼 차림이라고 손님을 홀대했다가는 찾아온 실적 날리기 십상이고, 타고 온 차만 보고 환대했다가는 실적에 구멍나기 십상이라는 것이다.

매사에 드러내고 보여주려 애쓰는 사람은 그만큼 보여주고 내세울 게 없는 사람이다. 높은 자리에 있는 사람일수록 명함은 단순명료하다. '국회의원 홍길동' 이런 식이다. 그렇게만 적어도 알아줄 사람은 다 알겠기에 그럴 수 있는 것이다. 어떤 명함을 보면 XX위원장, XX회장, XX

발전위원, XX연구원, XX고문 등등 셀 수 없이 많은 직함에 업체나 단체의 로고도 몇 개씩이나 어수선하게 늘어서 있다. 앞면만으로는 모자라 뒷면까지 소속단체명과 약력으로 빼곡이 채워놓은 명함도 있다. 대개는 이렇다할 전문분야가 없거나 돈만 좀 있는 백수라는 뜻이다.

예전에는 "대통령이나 장관, 외국관료들과 사장이 함께 찍은 사진을 벽에 걸어놓은 회사에는 절대 투자하지 말라"는 말이 있었다. 십중팔구 그 사장은 사기꾼이라는 것이다. 실제로 어느 모임에서 만난 세무사는 명함을 받을 때부터 왠지 신뢰가 안 갔다. 우연한 기회에 그 사람 사무실에 들렀더니 그러저러한 정재계 유명인들과 함께 찍은 사진이 벽에 한가득이었다. 그 사람을 알게 된 지 어언 십 년, 그 사람은 교도소를 제집 드나들 듯 하면서도 여전히 똑같은 모습으로 살고 있다.

몇 년 전 명지대학교 사회교육원 작품발표회에서 사회를 보게 되었다. 생각했던 것보다 훨씬 더 멋진 시간이었다. 살풀이춤, 장구춤, 부채춤, 화관무, 승무, 그리고 가슴을 저미는 듯한 해금의 선율…… 겨울밤을 녹여 환상을 빚어낸 시간이었다. 나이가 든다는 징표일까. 갈수록 '우리 것'에 대한 사랑이 깊어진다.

클라이막스는 단연 정재만 교수의 허튼 살풀이춤이었다. 그 어떤 형식도 격식도 없이 무대 위에서 마음 내키는 대로 몸이 가는 대로 내딛는 버선발 한 걸음, 손짓 하나하나가 고스란히 춤이 된다. 강약약, 약강강…… 늘어짐과 속도의 조화…… 휘감기는가 하면 이내 흩뿌려지는 한맺힌 장삼자락…… 휘몰아치는 막바지의 숨가쁨…… 재빠르게 내모는 발사위는 끝내 관객을 침몰시키고서야 거두어진다. 허튼 살풀이춤은 틀에 꿰맞춰진 형식을 뛰어넘어 극도로 자유로워진 예술이다. 진정한 프로만이 보여줄 수 있는 허튼 살풀이춤의 진수를 경험할 수 있었던 것은 정말 큰 행운이었다.

통달한 사람은 매사에 힘주는 법이 없다. 공부, 운전, 수영, 골프, 뜨개질이 모두 다 그렇다. 고수가 되는 길은 곧 힘을 빼는 과정이다. 힘없는 어쭙잖음에서 한 단계 뛰어넘을 수만 있다면 있는 것이 있는 것이 아니요, 없는 것이 없는 것이 아닌 경지가 된다. 마침내 허튼 것이 허튼 것이 아닌 게 된다. '허튼 살풀이춤' 이라니 이 얼마나 멋진 말인가!

너 나 알아? 난 너 몰라!

먼저 자신을 소개하고 아는 척을 하는 것도 매너다.

세상 사람들이 다 자신을 알아줘야 직성이 풀리는 사람들이 있다. 그런 사람을 만나면 참 답답하고 심란하다. 그런 사람들은 대화중에도 끊임없이 무언의 강요를 한다. 너 나 알지? 너 나 알아야 해. 나 모르면 그냥 안 돼.

방송인에 전문강사라는 직함을 갖고 있는 나 같은 경우, 평소 너무 많은 사람들을 만나고 다니기에 그들을 일일이 기억하기란 불가능에 가깝다. 사실 몇 번 본 사람도 기억이 가물가물할 때가 많다. 더구나 나는 병적으로 사람 이름이나 얼굴을 잘 기억하지 못 하는 편이다. 어찌 보면 사회생활을 하는 데 있어 치명적인 약점이라고 할 수 있다. 그래서 내가 사람들을 상대할 때 자주 쓰는 호칭이 '그대' '자기' '님'이다. 어떤 이는 살가움이 지나쳐 닭살 돋는다며 진저리를 치기도 하지만 딴에는 나름대로 궁여지책인 걸 어쩌랴.

10년 넘도록 전국을 돌며 강연을 하다 보니 보고 또 본 사람을 만나는 경우도 많다. 언젠가는 정말 왕푼수를 만났다. 강의장에 들어가기 전 복도에서 한 여성과 마주쳤는데, 분명히 얼굴은 어디서 보았는데 그 다음 기억이 전혀 없다. 그녀가 살갑게 웃으며 다가와 "안녕하세요? 저 아시죠?" 한다. 낭패다. 어쨌든 하도 겪는 일이다보니 내게도 나름대로 노하우가 있어 두리뭉실 넘어가본다.

"그럼요, 알지요."

그런데 이 여자 무척이나 집요하다.

"말해봐요, 어디서 봤는지. 모르죠? 모르면서."

"아이 참, 자기를 내가 왜 몰라요. 재미있는 여자야 정말."

"봐, 봐, 모르니까 말을 못 하지. 말해봐요, 빨리."

"아이 참, 자기 정말 웃겨. 내가 왜 자기를 몰라!"

"그럼 말해보라니까요. 거봐, 말 못 하잖아. 모르죠? 진짜 모르죠?"

"어디서 자기를 봤는지 꼭 말해줘야 그대가 행복해지겠어?"

"진짜 서운하네. 세상에, 나를 모르네! 어떻게 나를 기억 못 하지? 아휴, 실망이다 진짜!"

정말 황당한 순간이었다. 무슨 청문회 자리도 아닌데 대화를 결국 이 지경으로 만들다니. 스스로 상처받고 싶어 안간힘을 쓰는 격이니 그저 딱하다고 할 수밖에 없다.

활동영역이 좁은 사람일수록 자기중심적 사고를 하게 되기 쉽다. 활발하게 사회활동이나 사교활동을 하는 사람들은 어쩌다 지인을 발견해도 드러내놓고 아는 척하기를 꺼린다. 특히 여성일수록 더 그런 경향이 있어 아주 친한 사이가 아니라면 눈인사만 가볍게 하는 경우가 많다.

국내선 비행기에서 우연히 대구의 한 구청장님을 뵙게 된 적이 있다. 법조인 출신의 젊은 구청장님의 행동은 내게 신선한 충격이었다. 그날 나는 비즈니스석의 뒤쪽에 앉아 있었다. 그런데 앞쪽에서 그분이 벌떡 일어나 일부러 내게 다가와 악수를 청했다. 나는 순간 당황했다. '누구시더라?'

"대구 ○○구청장 XXX입니다. 그간 편안하셨지요?"

'아하, 그분이었구나!' 순식간에 고민이 사라지며 머릿속이 환해지는 느낌이었다. 상대방을 배려하여 자신의 직함과 이름을 먼저 소개해주니 얼마나 고마운가 말이다. 구청장님의 깔끔한 외모만큼이나 쿨하고 현명한 인사법이었다.

몇 년 전 부산에 있는 모 신문사에 강연을 갔다. 신문사 사장님은 내가 동국대 후배라며 점심도 사시며 살갑게 잘 챙겨주셨다. 그런데 얼마 전 내가 부산 언론사 쪽에 부탁할 일이 생겨 그때 만났던 그분이 아직 사장으로 계신가 하고 인터넷 검색을 해보았다. 프로필에는 분명 동국대학교와 인연이 있는 것으로 나와 있었다. 그래서 마음 편히 전화를 걸어 조그만 부탁을 드렸고, 고맙게도 잘 처리해주셨다.

한 달 뒤 부산에 강의가 있어 인사차 직접 신문사로 찾아갔다. 기억이 가물가물하긴 하지만 어쩐지 그때 뵈었던 얼굴과 좀 달라지신 듯 보였다.

"어머! 사장님, 너무 좋아지셨어요. 이미지가 훨씬 부드럽고 편안해

보이시네요."

이런저런 대화를 나누고 감사의 인사를 드리고 나오는데 아무래도 기분이 영 찜찜했다. 그래서 나중에 비서에게 전화를 걸어 확인해봤다.

"사장님이 취임하신 게 언제였지요?"

"이번 3월에 취임하셨어요."

몇 년 전 뵈었던 그분이 아니었다. 그런데도 그 사장님은 내 민망한 푼수짓을 타박하지 않고 끝까지 아는 척을 해주신 것이다. 그게 아니라면 그 사장님도 착각을 해서 대화 내내 기억 속을 뒤지고 계셨던 건지도 모르겠다. 어떤 경우든 내게는 모두 고마운 일이지 뭔가.

지인들 중 유독 쇼맨십이 많은 한 남성분이 언젠가 내게 이런 말을 해준 적이 있다.

"어떤 자리에서 정치인들을 만나게 되면 먼저 다가가서 몹시 친한 척을 하라구. 남들이 보면 '야, 저 사람 대단한 마당발이네' 하게 되거든. 정치인들은 워낙에 많은 사람을 만나는데다 직업적으로 친한 척이 몸에 밴 사람들이라 누군가 먼저 아는 체를 하면 덩달아 무조건 친한 척을 해준다니까. 당신 같은 공인에게는 그야말로 최고의 이미지 관리 기술이야. 단, 그럴 수 있는 용기가 과연 있느냐가 문제지만."

참으로 쓸쓸한 귀띔이었다.

아름다운 동행

남녀의 분명한 차이를 인정하고 대결이 아니라
아름다운 동행을 추구하라.

나는 5060세대와 9000세대 사이에 있는 소위 '낀세대' 이다. 즉 7080세대다. 남편에게 얻어맞아도 그저 숙명으로 알고 인내하며 살아오신 어르신 세대와 제 성깔대로 당당하게 사는 신세대 사이에 그야말로 '끼여' 있다. 그래서인지 남성우위도 여성우위도 아닌, 남성과 여성이 아름다운 공존을 꾀하는 현명한 세태를 바라고 권한다.

여직원을 '사무실의 꽃' 으로만 봤다가는 쇠고랑까지 찰 수 있는 시대다. 남편의 폭력에 기죽어 사는 아내들만큼이나 아내의 폭력에 기죽어 사는 남편들도 적지 않다고 한다. 요즘 세상에 남성의 폭력에는 소리 높여 하소연할 곳도 많지만, 아내의 폭력에 대해서는 '쪽팔려서' 어디 가서 말도 못하는데다 하소연할 곳이 있다 하더라도 말하기는 쉽지 않은 형편이다.

양성평등 시대를 넘어 갈수록 '여성우대의 시대' 가 되어가고 있다. 요즘에는 사시와 행시 합격자의 반 이상이 여성이며, 사법연수원의 연수가 끝난 후 법조임용시에도 평균적으로 여자가 성적이 좋아 여자는 판검사, 남자는 변호사로 많이 진출하고 있다.

작년에 취업한 우리 아들이 회사 연수원에서 교육을 받을 때 반장투표가 있었는데, 56명의 신입사원 중 남자 50명, 여자 6명이었는데도 여자가 반장이 됐단다. 남자직원들도 같은 남자의 통솔을 받느니 여자의 부드러움과 친화력을 선택했다는 것이다.

오늘날 여성들의 위상이 이렇게 높아진 데에는 낀세대, 즉 7080 여성학자들과 여성운동가들의 공로를 인정하지 않을 수 없다. 논리적인 주장과 학술적 근거, 외국의 사례를 들이대며 때론 억지스럽게 들릴지라도 끊임없이 여권신장을 부르짖은 분들이 있었기에 오늘날 이 정도라도 여권의 발전이 있게 된 것이리라. 지금은 많이 익숙해진 '부모성 함께 쓰기 운동'도 처음에는 각계각층의 엄청난 비아냥을 받았다. 예컨대 아버지의 성과 어머니 성을 같이 쓰다보면 4대 뒤에는 성만 16자가 되지 않겠느냐는 식이다. 사실 당시에는 나 또한 참 유별나게 군다며 그런 주장들을 백안시하는 입장이었다. 하지만 지금 생각해보면 별 고민없이 즉흥적으로 그렇게 생각했던 것 같다. 물론 지금은 여성운동을 제대로 이해하지 못하고 섣불리 비판만 했던 젊은 날의 실수에 대해 그분들에게 송구스러운 마음을 가지고 있다. 그런 분들 덕분에 정작 9000세대들은 '부모성 함께 쓰기 운동'에 관심을 덜 가져도 될 것이다.

오히려 이제는 반전의 시대다. 1949년 시몬느 드 보봐르는 『제2의 성』에서 "여자는 태어나는 것이 아니라 만들어지는 것이다"라고 선언

했지만, 2000년 헬렌 피셔는 『제1의 성』에서 보봐르의 주장과는 반대로 "여자는 결코 만들어지는 것이 아니라 태어나는 것이다"라고 반박했다. 여성운동의 변화를 단적으로 보여주는 사례다. 헬렌 피셔는 '제2의 성'이 한 시대 여성운동에 미친 지대한 공로를 인정하면서도 과학적, 개인적으로는 '제1의 성'에 손을 들어준다. 이 또한 보봐르의 선언에 혜택받은 세대이기에 가능한 여유일 것이다.

이처럼 '여성의 시대'가 성큼성큼 다가오고 있는 것은, 오직 힘만이 필요하던 시대에서 유연성과 친화력이 필요한 시대로 우리 사회가 이행하고 있기 때문이다. 여기서 중요한 것은 이러한 흐름과 추세를 살피는 안목이다. 전(前)세대의 피해의식에서 비롯된 과격한 구호를 계속 무비판적으로 받아들이는 것은 시대착오적이다. 남자가 선점한 사회에서 여성들이 자리를 차지하려면 남자의 적극적 동의가 있어야 하기에 적대적인 태도는 부작용만 낳기 쉽다. 각박한 쟁탈전, 제로섬의 시대는 끝났다. 이제 여성운동은 남녀의 분명한 차이를 인정하고 공존공생, 즉 아름다운 동행을 추구하는 방향으로 나아가야 한다.

차이를 인정해야 공존도 공생도 할 수 있다. 살아오면서 경험으로 깨달은 바로는, 여성이라서 많은 피해를 보기도 하지만 여성이기에 많은 이득을 보기도 한다는 점이다. 이제는 좀 살살 하자. 특히 IMF 이후로 우리 사내들의 어깨가 너무 처져 있는 건 아닌가. 몰아세우기만 할 것이 아니라 따뜻한 말과 몸짓으로 보듬어주자. 그것이야말로 여자만이 할 수 있는, 여자만의 능력이다.

자식은 여자의 자존심

누군가가 '정덕희의 자존심은 자식들' 이라고 했다. 우리 아이들이 아직 사회적으로 좋은 위치에 앉을 나이도 아니고, 그렇다고 공부를 잘 해서 의사나 변호사, 박사가 된 것도 아니다. 다만 밝고 착한데다 '싸가지' 가 좀 있어서 듣는 말일 게다. 죽을 때까지 돈자랑, 건강자랑, 자식 자랑은 하는 게 아니라지만, 사실 내가 봐도 아이들이 나보다 나은 것은 확실하다.

우리집 우선순위는 언제나 아버지, 어머니다. 우리집은 시어른을 모시고 살았기 때문에 아이들은 어렸을 때부터 늘 찬밥신세였다. 그런 가족문화 속에서 자라다보니 음식문화뿐만 아니라 생활습관, 정신적인 면에 이르기까지 많은 영향을 받은 것 같다. 그래서 우리 아이들이 하는 행동은 좀 애늙은이 같고, 우리집 식단은 언제나 웰빙 채소밭이다.

집은 모던한 서양식이지만 식문화는 완전히 전근대에 머물러 있다. 우거지, 청국장, 김치, 나물…… 간혹 야참으로 닭튀김을 시켜 먹지만 닭다리는 남편과 내가 하나씩 뜯는다. 요즘에는 좀 미안한 생각도 들어서 슬며시 닭다리를 건네보기도 하지만, 그럴 때마다 아이들이 하는 말은 이렇다.

"그냥 하시던 대로 하세요. 갑자기 달라지면 걱정되잖아요. 만날 가슴살만 먹다보니 내 입맛에는 팍팍한 가슴살이 딱인데요, 뭐."

이제는 아이들이 어느덧 커서 나를 보살펴준다. 그 기분도 제법 뿌듯하고 든든하다. 나이가 좀 들어보니 내가 이 세상에 태어나 가장 잘 한 일이 아이들을 낳은 건 아닐까 하는 생각이 자주 든다. 욕먹을 줄 알면서도 좀 과하다 싶게 자식자랑을 늘어놓는 이유는, 요즘 적지 않은 여성들이 어머니가 되기를 거부하고 있다는 뉴스를 심심찮게 듣고 보기 때문이다.

바보 중의 바보가 구더기 무서워 장 못 담그는 사람이다. 보험 중 가장 좋은 보험이 바로 '자식보험'이다. 무자식이 상팔자라는 말은 부모들이 힘들 때나 가끔 해보는 푸념일 뿐 결국은 자식만 한 노후대책이 없다. 또한 아이를 낳는 것은 여자로서의 의무이자 권리다.

한 여성단체의 회장님은 예순이 넘은 나이에도 매사에 당당하고 파워풀하다. 그 힘이 어디서 나올까 늘 궁금하던 차에 이런 이야기를 들었다. 젊은 시절, 남편이 이사관 직급의 공무원인지라 공직자 부인들을 한자리에 초청하는 모임에 참석했단다. 그 자리에서 그녀가 당돌하게도 상급자 부인들에게 무언가 개선사항을 건의했다. 당시만 해도 공무원조직은 서열 중심의 철저한 수직구조였다. 상사의 추천 없이는 승진도 어려웠기 때문에 유치하고 비굴해 보일 정도로 아부가 생활화되어 있었다. 부인들끼리 모인 자리에서도 남편들의 서열은 고스란히 재현되었다. 그런 자리에서 당당하게 할 말 다하는 그녀를 보고 다른 부인들이 부지사 사모님쯤으로 착각을 했단다.

그녀는 남편의 서열 때문에 정당한 대접을 못 받고 살아도 자식만 잘 기르면 노후에 대접받을 수 있지 않겠느냐는 오기로 아이들 교육에 최선을 다했다고 한다. 나이들어 남편을 먼저 떠나보낸 뒤에도 그렇게 당당히 살 수 있는 것이 다 자식들 덕분이란다. 물론 그분의 자제분들이 모두 사회의 요직에서 한 자리씩 차지하고 있기 때문에 이런 말을 하는 건 아니지만 그만큼 잘 키웠다는 말이다. 나이들면 자식이 바로 자존심이다.

'0.5평의 기적' 이라는 다큐멘터리를 보고 나서, 나는 우리집 방 하나를 '생각의 방' 이라 이름붙이고 그 안에서 매일 108배를 한다. 운동도 되고 기도도 되니 일거양득이다. 성심으로 절을 하다보면 온몸 땀으로 흠뻑 젖어 가벼워지고, 피워둔 아로마향에 머릿속이 투명해진다. 108배가 끝나면 결과부좌를 하고 앉는다. 그렇게 매일 일상의 찌꺼기를 비워내며 마음속으로 기도를 한다.

"아직도 저한테 주실 복이 있다면 저희 아이들에게 주소서. 저는 지금까지 주신 것만으로도 충분히 만족하고 감사하고 있습니다. 혹여 더 주실 것이 있거든 아이들에게 주소서."

터널을 통과하면 세상이 더 밝아 보인다. 내 삶의 정원에는 가뭄이

들어 바닥이 쩍쩍 갈라졌던 때도 있었고, 무서운 천둥번개에 태풍까지 몰아쳐 나무들이 송두리째 뿌리뽑힌 적도 있었다. 그러나 물이 없으면 먼 길 마다않고 물을 길러 다녔고, 비바람 속에서도 물길 내고 붙들어주며 사력을 다해 가꾸었다. 이제 남부럽지 않은 가정 안에서 평안과 행복을 누릴 수 있게 된 것이 바로 자식들의 힘이다. 어머니이기에 그 많은 고난과 고통을 견딜 수 있었다. 그래서 어머니가 위대한 것이다.

주변의 누구에게라도 물어보라.

"아버지가 그리워요, 어머니가 그리워요?"

장담컨대 99.9%가 "엄마" 라고 즉답할 것이다.

하느님께서 모든 이들에게 사랑을 나눠줄 수 없어 어머니라는 존재를 만들었다고 한다. 어머니가 아이들을 지켜주면, 결국 아이들이 어머니를 지켜준다. 이 땅의 젊은 여성들에게 제발 부탁컨대, 일도 중요하고 자아실현도 중요하지만 여자로서 누릴 수 있는 최고의 행복이자 훈장인 어머니 되기를 절대 포기하지 마라. 자식은 짐일 수도 있지만 보람이며 행복의 극치를 느끼게 해주는 존재이다. 거두려면 뿌려라. 뿌려서 가꿔라. 내가 죽어도 나의 분신이, 나의 사랑이 계속 살아갈 것이고, 나는 그들의 마음속에 여전히 살아 있을 것이다. 어머니는 죽어도 살아 있는 존재다.

진 듯 이기는 방법

시작은 같아도 인생이라는 화판에 그려진 그림은 각양각색이다. 몇십 년 만에 죽마고우를 만났다. 녹록치 않은 인생길을 지나 얼굴에 투명한 색으로 고운 그림을 그려놓은 친구를 만난다는 건 분명 행운이다. 그 얼굴을 보니 나까지 따뜻하고 풍요로운 느낌이었다.

내 이름과 얼굴이 매스컴을 통해 알려지면서 한동안 끊겼던 인연들이 돌아온다. 그런데 그런 사람들로부터 전화가 오면 대부분이 "출세했으면 밥도 좀 사고 그래라"라는 말이다. 그런데 앞서 말했던 그 친구는 전화내용부터 달랐다.

"덕희야. 너랑 같은 학교 다닌 것이 영광이지 뭐니. 너 때문에 예산여고가 명문 되었잖니. 고마워. 바쁘겠지만 시간 좀 내 줘. 내가 밥 살게."

학창시절 같은 반이 아니라 많은 추억을 공유하지는 못했어도 그 친구의 예쁜 말에 갑자기 그리운 마음이 들었다. 그런데 어쩌다보니 약속도 잡기 전에 다른 동창의 모친 장례식장에서 그 친구를 만나게 되었다. 모처럼 많은 친구들이 한자리에 모이니 할 이야기도 많고 쏟아낼 사연도 많아 장례식장에서 가장 가까운 친구네 집으로 몰려갔다.

살아온 세월이 다르다보니 하는 짓들도 다 다르다. 집에 도착하자마자 부엌으로 달려가 먹거리를 준비하는 친구들이 있는가 하면, 나 몰라라 하고 거실 소파 중에서도 가장 편한 자리를 선점해놓고 음식독촉을 하는 친구들도 있다. 너무 오랜만이라 서로 낯설어 쭈뼛거리는 친구들도 있다. 그 친구와 나는 '부엌팀' 이었다. 그녀도 나도 맏며느리, 그녀는 과일 깎으랴 차 만들랴 제가 안주인인 양 분주하다. 거실에 있는 친구들이 독촉을 하면 예, 예, 해가며 대답도 다 해준다. 하는 짓이 어찌나 예쁜지 속으로 깜짝 놀랄 정도였다.

"자기, 하는 짓이 너무 의외야. 내 기억에 자기는 공주과, 깍쟁이였는데. 친구들이 떠받들어주면 고고한 표정으로 만날 대접만 받고 그랬잖아. 세월이 자기를 너무 예쁘게 다듬어줬네. 어쩜 그렇게 살갑게 대답을 하니? 한두 번 해본 짓이 아니야."

내가 칭찬을 해줬더니 대답이 재밌다.

"맏며느리 25년에 시어머니 모시고 살면서도 집안에 큰소리 한 번 안 나게 해준 게 바로 예, 예의 힘이야."

어른이 뭐라 하시면 무조건 대답부터 먼저 하며 살았단다. 그래서 누군가가 자기를 부르면 예, 예 소리가 반사적으로 나온다나. 그것도 퉁명스런 '예' 가 아니라 아주 살갑고 친절한 고음으로 하는 '예' 다. 그 친구 말로는 대답만 열심히 잘해도 어른들 점수의 반을 따놓을 수 있단다. 매사에 느려터진 충청도 며느리가 성미 급한 경상도 어른들을 모시고 살며 저절로 터득하게 된 기술이라는 것이다.

결혼 초 성질 급한 시어른과 판박이 남편…… 친정문화와 정반대의 사람들과 섞여 살려니 도통 적응도 안 되고 부딪치는 일도 많아 한동안 우울증에 시달렸단다. 그런 집안으로 시집온 걸 후회하고 또 후회하고……. 그러나 후회해봤자 달라지는 것은 없고 자신도 모르게 얼굴로 드러나는 우울이 집안분위기까지 엉망으로 만들게 되자 이건 아니라는 생각이 들어 방법을 바꾸기로 했단다.

시댁문화가 자기 때문에 바뀔 리는 없고, 결국 자신이 거기에 적응하고 맞추는 길밖에 없다는 생각이 든 것이다. 원래 학창시절부터 자존심이 무척 강했던 친구는 자신이 자존심을 버려야 자신이 선택한 결혼을 성공으로 이끌 수 있고, 그렇게 하는 것이 결국 자신의 자존심을 살리는 길이라는 깨달음을 얻게 된 것이다.

"대답한다고 해서 시키시는 대로 다 하는 건 아냐. 대답만 해놓고 행동은 사실 내 마음 가는 대로 하는 거지. 마음이 동하지 않는데 억지로 하면 부작용이나 생기지, 뭐. 그래서 대답만 살갑게 해놓고 행동은 내 판단 대로 하는 거야. 예, 예, 쉽잖아? 대답 잘 해놓은 사람한테 소리질러 화내는 사람은 없을걸? 그러다 며칠 지나 어른들이 왜 시키는 대로 안 했느냐고 물으시면 '아, 깜빡했네요. 예, 예!' 해놓고 또 내 맘 가는 대로 하는 거야. 무조건 예, 예…… 진 듯 이기는 방법!"

남들처럼 말단에서 사회생활을 시작한 그 친구의 남편은 지금 대기업 CEO란다. 가화만사성이라 했던가. 그런 현명한 아내를 뒀기에 밖에서 아무 걱정 없이 일에만 전념해 얻은 자리일 것이다. '예, 예'의 힘을 가르쳐준 친구⋯⋯. 사람이 학교다. ♟

열 명의 동지보다
한 명의 적이 더 무섭다

천 명의 동지를 만들기보다 한 명의 적을 만들지 말아야 한다. 한 명이 작정하고 덤벼들면 별일이 다 생긴다. '여성들의 선생'이라 자처하며 워낙 입바른 말을 하고 살아온 세월이라 나만큼 구업을 많이 지은 사람도 없을 것이다. 신기가 발동하면 나도 모르게 마구 쏟아내는 나의 언어들이야말로 구업의 씨앗이다.

2004년 '도전 지구탐험대'의 '아줌마가 간다' 편을 찍기 위해 티베트에 갔을 때는 40대의 일반인 아줌마 두 분도 동행했다. 물론 사람마다 사는 방법이 다르겠지만, 내 상식으로는 도저히 이해할 수 없는 일들을 하도 보게 되니 참다 참다 결국 마지막날 폭발하고 말았다. 열심히 덕 쌓고 한 방에 허무는 재주, 그놈의 성질 때문이다.

티베트가 아무래도 한국보다는 가난한 나라이기에, 나는 출발하기에 앞서 남대문 시장에 가서 티베트 아이들에게 줄 옷가지들과 한국문화를 상징하는 선물용 물건들을 샀다. 또 같이 갈 스태프들을 먹일 요량으로 외국에 가면 곧 그리워질 한국 반찬을 바리바리 준비했다. 그런데 막상 공항에 가 보니 동행할 두 아줌마들은 한 달 외국여행에 달랑 맨손이 아닌가. 방송국에서 보내주는 것이니 '무조건 공짜'라고 생각한 것이 틀림없었다. 그리고 그분들은 정말로 티베트에 머물던 한 달 내내 음료수 한 캔 사는 법 없이 일체 받기만 하고 다녔다.

마지막날 밤, 자신들도 조금은 민망한 생각이 들었는지 그날 저녁식사는 자신들이 계산하겠단다. 그런데 밥을 다 먹고 나서도 두 사람은 계산할 생각을 않고 자꾸 뜸만 들인다. 스태프들 보기 민망해서 내가 또 계산을 했다. 저녁식사 후 숙소로 돌아와 간단한 술상을 차려놓고 두 분과 마주했다. 스케줄 때문에 나 혼자 먼저 다음날 새벽 비행기를 타야 했기에 인사차 마련한 자리였다. 그런데 술 한잔 들어간 김에 결국 쌓아두었던 말이 터져 나왔다.

"서운하게 듣지 말고 언니가 사랑으로 하는 말이다 생각하고 오해 없이 들어줬으면 좋겠어. 솔직히 난 자기들 이해 못 하겠어. 아니, 어떻게 한 달 동안이나 외국여행을 가는데 맨손으로 오냐? 그리고 어떻게 단한 번도 대접을 안 하냐? 난 정말 놀랐다. 원래 한국 아줌마들의 매력은 오지랖 넓고 정 많아 무조건 퍼주는 데 있는 거 아냐? 스태프들 보기에 내가 다 민망하더라. 다음에 또 이런 기회가 생기면 절대 그렇게 하지마. 어떻게 만 원짜리 한 장 꺼내는 법 없이 고스란히 한 달을 버티니? 난 진짜 이해가 안 된다."

갑자기 썰렁해진 분위기…… 결국 그렇게 그들과 헤어졌다.

내가 원하지 않을 때 해주는 충고는 충고가 아니라 시비요 욕이다. 그렇게 하지 말았어야 했다. 하지만 이미 엎질러진 물을 주워담을 길은 없고, 한 달 어렵사리 덕 쌓고 10분 만에 와장창 허물어버린 것이다. 그런데 보름 뒤 그중 한 분에게 전화가 걸려왔다.

"언니, 죄송해요. 이제야 전화를 드리네요. 사실 마지막날 저희가 좀 삐쳤었거든요. 그런데 여행 후 인사차 시댁엘 들렀는데, 시아버지께서 '에미야, 방송국에서 한 달간 공짜여행을 시켜줬는데 너는 뭘 해가지고 갔니?' 하시는 거예요. 사실대로 말씀드렸더니 '너 진짜 뻔뻔하구나. 아무리 공짜지만……' 하시더라구요. 그 말씀을 듣고 나서야 내가 정말 잘못했다는 걸 알았어요. 다음부터는 절대 그렇게 하지 않을게요. 정말 죄송해요, 언니."

그렇지 않아도 후회 또 후회하고 있던 참에 그나마 뒤늦게라도 내 진심이 받아들여졌다니 다행스런 마음이었다.

내 홈페이지에 어떤 분이 얼마전 이런 글을 올려주었다.

'교수님, 그 환한 웃음을 다시 보고 싶습니다. 그 가녀린 체구에서 쏟아내는 열정, 그 모습 그대로가 보기 좋습니다. 그 성깔도 그냥 그대로가 좋아요~'

내가 아무리 성깔(?)을 부려도 내 속마음을 알아주는 이들이 이렇게 한둘씩은 꼭 있어서 내가 아직도 버릇을 못 고치는 걸까. 아무튼 고마워, 자기들아. 🙇

아름다운 거리

'내'가 곧 '네'가 될 수 없기에 아무리 죽고 못 사는 관계라도 그 사이에 거리는 존재한다. 간혹 친한 사람과의 사이에서 거리감을 느끼게 되면 당장 섭섭해하기 쉽다. 하지만 사람과 사람 사이에는 일정한 거리가 있어야 관계도 오래간다. 내곁에 사랑하는 사람들을 오래 머물게 하려면 그 관계에 집착할 것이 아니라 일정한 거리를 두고 자신의 가치를 높이는 데 힘써야 한다.

『여자라면 힐러리처럼』이란 책 속에서 좋은 대목을 발견했다.

결혼 이후의 삶에서는 능력이 곧 미모이다. 생각해 보라. 30대 여자, 그것도 아줌마가 외모를 아무리 열심히 관리한다 한들 20대 여자들과 경쟁해서 이길 수 있겠는가? 그녀들을 제치고 남자들의 마음을 사로잡을 수 있겠는가? 절대 그럴 수 없다.

그러나 한 분야에 탁월한 능력을 갖고 있는 아줌마는 다르다. 예를 들면, 주요 언론에 이름이 오르내리는 최고경영자 아줌마, 화가나 배우 또는 작가로 성공한 아줌마, 자수성가로 큰 부를 일군 아줌마들은 남자들에게 강한 매력을 느끼게 한다. 섹시함은 말할 것도 없다.

이런 여자들이 지닌 섹시함이 진정한 섹시함이다. 예쁜 얼굴, 팔등신 몸매 같은 육체적인 매력에서 비롯된 섹시함은 육체적인 직업을 가진 여자들이 가장 확실하게 갖추고 있다. 이런 섹시함은 남자들의 성적 욕망만 만족시킬 뿐이다. 그러나 능력에서 오는 섹시함은 남자들의 영혼을 만족시킨다. 인간적인 '존경'에서 비롯되었기 때문이다.

머리는 화장하라고 있는 것이 아니라는 말이 있다. 여자가 화장으로 자신을 꾸며서 큰 효과를 볼 수 있는 기간이 얼마나 되는가? 고작 20세에서 30세까지의 10년이다. 그렇다면 평균 수명 100세를 앞두고 있는 이 시대에 나머지 70년은 어떻게 보내려고 하는가?

20대 때 치열하게 노력하면 30대 때 탁월한 능력을 갖출 수 있다. 그러면 평생을 멋지게 살 수 있다. 그것이 힐러리처럼 일하는 법을 배워야 하는 이유다. 또한 당신은 생존을 위해서도 힐러리처럼 일하는 법을 배워야 한다.

어쩌면 내 마음과 이처럼 똑같을까. 정말 이 시대 여성들과 꼭 공유하고 싶은 대목이다. 사람들은 언젠가 반드시 내곁을 떠난다. 나를 끝까지 지켜주는 것은 주변사람들이 아니라 내가 사랑할 수 있는 '일'이다. 그렇다고 가정을 등한시하고 사회생활에만 매달리라는 뜻은 아니다. 전업주부라면 완벽한 가정경영의 CEO가 되어야 한다.

사람의 마음은 고정석이 아니라 언제 어떻게든 변할 수밖에 없는 자유석이다. 그래서 사람과 사람 사이에 일정한 거리가 필요한 것이다. 수없이 받은 상처를 통해 내 나름대로 터득한 인간관계의 철학이다. 어떤 사람이든 너무 가까이도 너무 멀리도 하지 말아야 한다. 사람이 살면서 누구라도 한결같을 수는 없기 때문에 그 거리가 조금만 가까워도, 조금만 멀어져도 관계는 상처받기 쉽다. 그래서 적당한 거리는 오히려 관계유지에 도움이 된다. 아무리 좋은 사이라도 끝간데없이 가까워지다보면 어느 순간 원수가 될 수도 있다. 단짝친구와 여행을 갔다가 서로 다른 기차를 타고 돌아오는 경우가 얼마나 많은가.

칼릴 지브란의 『예언자』에는 다음과 같은 구절이 나온다.

그러나 그대들이 같이 있음에 공간이 있게 하라.
하늘의 바람이 그대들 사이로 춤출 수 있도록.

서로 사랑하라.
그러나 사랑이 구속을 만들지 말라.

그대의 영혼의 해변에
일렁이는 바다가 있게 하라.

상대방의 잔을 채워주되 한 잔으로 마시지 말라.
당신의 빵을 상대방에게 주되 같은 빵을 서로 먹지 말라.

함께 노래하고 춤추고 즐거워하라.
그러나 각자는 혼자 있도록 하라.

마치 거문고의 줄이
같은 음악을 따라 움직이면서도 혼자 있는 것과 같이.

너의 마음을 상대방에게 주되, 상대방을 소유하지 않게 하라.
생명의 손만이 너의 마음을 완전히 소유할 수 있느니라.
같이 서 있되 너무 가까이 서지 말라.

성전의 두 기둥은 서로 떨어져 있으며
참나무와 사이프러스나무는 상대방의 그늘에서 자랄 수 없다.

여성들이여,
매사를 축제로 만들자

강의실에 들어서면 먼저 음악을 깔고 '내 나이 오십 넘어'라는 자작시를 낭송하는 경우가 종종 있다. 그때 수강생들의 표정을 둘러보면 너무나 재미있다. 사람들은 내가 낭송하는 글을 음미하는 것이 아니라 내 몸, 내 얼굴을 분석하기에 바쁘다. 뭐가 그리 분석할 것들이 많은지, 원. 그런데 사실 그 시간이 내게도 '수강생 분석'을 위한 시간이다. 한 분 한 분 얼굴을 살피다 보면 '아, 오늘 강의는 힘들겠구나' 혹은 '오늘은 스트레스 확 풀고 가겠구나' 하는 식으로 견적(?)이 나온다.

낭송이 끝나면 가장 먼저 내가 던지는 말.

"분석 좀 그만해요. 어머! 실제로 보니 말랐네, 하시는 분. 입모양 보고 다 알았어. 내가 마르는 데 그대가 뭐 도와준 거 있어? 살찌고 싶어 찌는 년 어디 있고 마르고 싶어 마르는 년 어디 있어? 살다 보면 찌기도 하고 마르기도 하는 거지. 너나 잘 관리하세요."

물론 웃자고 하는 말이지만 뼈도 좀 있다. 요즘 여성들 중에는 내가 생각하기에도 정말 아니다 싶은 분들이 많다. 첨단 가전제품들이 가사 노동시간을 줄여주니 전업주부들의 경우 남아도는 것이 시간이다. 그래서 하루 종일 전화기 붙들고 연예인 누가 이혼을 했다더라, 누구는 누구하고 그렇고 그런 사이라더라, 아무래도 누구는 보톡스 맞은 것 같더라…… 자신의 삶은 분석할 생각도 않고 남의 삶 분석에 해가 저문다. 어떻게 하면 사랑받고 살까, 나한테 부족한 부분은 무엇인가, 아름다운 노후를 위하여 지금 무엇을 준비해야 하는가, 이번 명절은 어떻게 해야 야무지게 보낼 수 있을까, 이번 김장에는 무슨 젓갈을 넣어야 더 맛나게 담가질까…… 제발 이런 생각들 좀 하며 시간을 쓰면 안 될까.

김장 얘기가 나와서 말인데, 사실 지난 몇 년 동안은 여기저기서 지인과 팬들이 보내주는 다양한 김치 덕분에 호강하며 살았다. 그런데 작년 말 우연히 TV를 통해 바닷물에 절인 배추를 택배로 판매한다는 정보를 접하고 갑자기 올해 김장은 바닷물 김치로 해야겠다는 생각이 번득 들었다. 그래서 곧바로 현지 농협에 절인 배추를 50포기나 주문했다. 배추를 절일 때는 소금이 가장 중요한 법인데, 요즘 소금은 당최 믿을 수가 없다. 하지만 바닷물이라면 가장 확실한 자연소금이니 믿을 수 있을 것이고, 절인 뒤에는 다시 민물로 깨끗이 씻어 보낸다니 주부 된 입장에서 얼마나 반가운 소린가.

택배로 배달되어 온 박스를 열어 보니 절인 배추 속이 샛노랗고 겉은 새파랗다. 생기기도 예쁘게 생겼으려니와 배추 자체가 달고 맛나다. 남편은 마늘을 까고, 딸아이는 파를 다듬고, 아들은 김장독 묻을 땅을 팠

다. 나는 칼로 무채를 썰고, 도우미 아주머니는 갓과 미나리를 씻어 채반에 담는다. 김포에서 사온 생새우와 새우젓, 태양초 가루에 매실즙을 넣어 힘 좋은 우리 매니저가 쓱쓱 버무리니 보기만 해도 군침이 넘어가는 새빨간 김칫속이 큰 통에 하나 그득이다.

속이 완성됐으니 제비새끼들마냥 너도나도 입을 벌리며 쌈을 싸달라고 난리다. 노란 배추 속잎을 뜯어 그 위에 빨간 속을 올리고 지인이 보내주신 생굴까지 듬뿍 얹으니 그야말로 금상에 꽃 올린 격이다.

내 나이대의 누구나 그랬겠지만 내 어린 시절에도 김치가 겨울반찬의 전부였다. 우리집은 김장을 200~300포기씩 했는데, 당시에는 다른 집들도 다 그랬다. 당연히 한 해 김장을 주부 혼자 하기란 불가능에 가까웠다. 그러다보니 동네 집들이 돌아가며 날을 잡아 품앗이로 김장을 담곤 했다. 그래서 김장하는 날은 동네 잔칫날이나 다름없었다. 거드는 사람이 워낙 많다보니 아이들은 아예 끼지도 못하고 그저 들락날락거리며 배추쌈 얻어먹는 게 일이었다. 어린애가 빈속에 그 맵고 짠 것들을 끝없이 먹어대니 탈이 나는 건 당연했고. 김장날이면 나는 저녁에 어김없이 설사를 했던 기억이다.

고무장갑도 없던 시절이었는지 엄마가 새빨갛게 물든 손으로 시원스레 척척 싸주던 배추쌈을 생각하면 지금도 절로 군침이 돈다. 이제는 내가 직접 김장을 하게 됐으니 당연히 그 시절의 친정엄마처럼 내가 아이들에게 쌈을 싸주게 되었다. 우리 아이들도 먼 훗날 나 없는 어느 겨울에 김장을 하게 되면 오늘의 이 풍경과 내 손맛을 떠올릴 것이다.

그동안 얻어먹기만 했으니 이번에는 좀 나눠먹으려 부러 많이 담갔다. 여러 손이 모이니 힘들 것도 없었다. 배춧잎 사이사이마다 빨간 속을 채운 후 파란 겉잎으로 아무지게 감싸 김장독에 차곡차곡 재워넣었다. 그리고 별도로 준비해둔 김치통마다 동생네 것, 매니저 것, 도우미 아주머니네 것을 챙겨둔다. 저녁에는 배춧잎과 속, 겉절이까지 바리바리 쌓아놓고 보쌈파티를 벌인다. 겨울준비를 끝냈다는 홀가분한 마음 때문인지 그날 보쌈은 유난히도 맛있었다.

며칠 후 지인으로부터 전화가 왔길래 뿌듯한 마음에 김장 이야기부터 했더니 의외라는 듯 한마디 한다.

"정교수, 그렇게 바쁜 사람이 김장도 직접 담근단 말요? 난 20년 동안 아내가 직접 담근 김장은 먹어본 적이 없소. 어린 시절 김장 할 때마다 어머니가 싸주시던 배추쌈 맛이 지금도 김장철만 되면 그립지만, 뭐 어쩌겠소. 쉽게 쉽게 살자는 게 대세라는데. 거 정교수 자랑하는 소릴 들으니 나도 군침이 도네 그려."

그런 소리를 듣고 나니 괜스레 미안했다. 공연히 남의 집 귀한 마나님을 게으른 마누라로 만들어버린 셈이 아닌가. 그래도 전화기 너머 입맛 다시는 소리가 아무래도 마음에 걸려 아들 편에 보쌈과 속을 싸서 그분에게 보냈다. 다행히 그날 저녁에는 그집 안주인이 너무 맛있게 잘 먹었다며 전화까지 주셨다.

추석을 앞둔 어느날엔가는 지인이 전화통화 중에 이런 말을 한다.

"이놈의 명절 좀 누가 안 없애주나."

당연히 여성분이다. 그러나 명절이 없어질 리가 있겠는가. 듣기로는 전쟁통에도 명절은 어떻게든 치렀단다. 외길을 걷다 강을 만났을 때 "이놈의 강 좀 없었으면 좋겠다"고 투덜대는 사람은 어리석다. 돌아갈 수도 없는 상황에서 어떻게 건너갈 것인가 머리를 쥐어짜도 시원찮을 판에 한탄하고 불평하고 시간을 허비하면 나만 손해 아닌가. 죽으면 썩을 육신, 아껴뒀다 뭐하나. 쓸 수 있을 때 맘껏 쓰자. 힘든 일도 좀 더 수선을 떨어 축제로 만들면 즐겁고 또 즐겁지 아니한가.

그럼에도
행복하소서

나에게 '부탁의 기술'을 가르쳐준 이는
항상 50%의 거절 가능성을 각오한 뒤에야 부탁을 한단다.
그래야 서운한 마음이 들지 않아 인간관계가 계속 유지되기 때문이라나.
거절을 받아들일 수 있는 마음의 준비가 됐을 때 부탁하는 것,
이것이 부탁의 기술이다.

Chapter 3

사람들 사이에 철학이 있다

고맙게도 내 곁에는 내 일을 자기 일처럼 여겨주는 고마운 친구가 있다. 그런데 그 친구는 몸이 약해서 늘 약을 달고 산다. 내보내는 사랑이 너무 많아 안으로 쌓이는 사랑이 모자라서일까.

하루는 그녀에게 전화가 걸려왔다. 공교롭게도 그날 내가 진행하는 공개강좌에는 예상보다 훨씬 많은 천여 명의 인원이 몰려들었다. 전화를 받은 것은 내가 몹시 흥분한 상태로 강의를 막 끝내고 만족감에 젖어 있을 때였다. 나는 그 행복한 여운을 좀 더 즐기고 싶은 마음에 남의 속도 모르고 이렇게 말했다.

"자기야! 나 지금 강의 막 끝냈어. 조금 있다 전화할게. 미안해~."

친구의 기분을 알 길 없던 나는 그저 내 기분에만 취해 있었던 것이다. 사실 그 친구는 그날따라 마음이 너무 우울해 위로나 좀 받아볼까 싶어 전화를 했단다. 하지만 잔뜩 달떠 있던 내게 차마 자신의 우울을 호소할 수 없어 그날은 그냥 혼자 삭였다는 것이다.

한번은 무슨 일 때문인지 몹시 속상해서 이번에는 내가 기분전환이나 하려고 그 친구에게 전화를 걸었다. 내 기분은 엉망인데 전화기 너머로 들려오는 친구의 음성은 쾌활하고 맑았다.

"지금 기름 넣는 중이야. 조금 있다 전화줄게~"

내 기분이 엉망이라 그 친구의 목소리가 더 쾌활하게 들린 걸까. 나는 묘한 기분에 그날 홈페이지에 이런 글을 썼다.

TV를 보다보면 엄앵란 선생님댁 가족이 자주 나온다. 하얀 머리에 웨이브로 부드럽게 변화를 준 신성일 의원님과 언제나 호탕한 엄앵란 선생님, 그리고 막내딸까지……. 방송출연을 쉬고 있는 내가 그런 모습을 보니 인생사 새옹지마임을 절감한다.

몇 년 전 엄앵란 선생님이 남편과의 불화 때문에 모든 프로그램에서 하차하고 쉴 때가 있었다. 전화를 드리니 선생님 하시는 말씀, "덕희야! 나 지금 벼랑 끝에 매달린 심정이야. 한순간에 와르르 다 잃은 느낌이야. 사는 게 별것 아니다. 전화 고마워."

"선생님 걱정마세요. 선생님은 캐릭터가 확실해서 곧 다시 사람들이 그리워할 거예요. 지금이야 어쩔 수 없지만 조금 지나면 예전보다 더 그리워할 거예요. 선생님 제가 강의 안 했으면 돗자리 깔아도 되는 '신기' 있는 거 아시죠? 제가 장담할게요. 잠시 쉬시는 거예요. 선생님 건강 생각해서 하늘이 쉬라고 배려해준 거예요.

안 보이면 잊혀지는 사람도 있지만, 안 보이면 그리운 사람도 있답니다. 아무도 흉내낼 수 없는 선생님의 맛, 그 맛을 누가 대신해요? 사람들이 곧 선생님을 그리워할 걸요? 잠시예요, 잠시. 선생님 파이팅!"

그때 선생님의 답변은 정말 엄앵란다웠다.

"고맙다, 지지배야. 언제 밥이나 먹자. 싸가지 있는 지지배!"

그때는 내가 이 프로 저 프로에 얼굴을 내밀며 방송을 많이 탈 때였다. 달랑 전화 한 통 드려서 위로했을 뿐, 선생님의 씁쓸한 감정을 다 알지는 못했다. 몇 년이 지난 지금은 내가 벼랑 끝에 매달려 있고 선생님은 날개를 다셨다.

얼마 전 내가 꼭 참석해야 한다는 스태프들의 끈질긴 요청 때문에 KBS '아침마당' 6000회 기념 회식자리에 갔다. 그 자리에 먼저 와 계시던 엄앵란 선생님께서 나를 보자마자 와락 껴안으셨다.

"야, 덕희야. 힘내라. 세상 살며 안 깨진 년 어디 있냐? 속상하면 나를 생각해라. 나 많이 깨진 년이다. 네 뒤에 우리가 있다. 힘내 이년아!"

울컥 쏟아지는 눈물, 분위기 깰까봐 선생님 품에 안겨 한참을 가슴으로 운다. 직접 경험해 봐야 그 기분을 아는 법, 나는 속으로 선생님께 사과했다.

'선생님, 이제는 알 것 같아요. 몇 년 전 선생님의 그 마음을.'

말로 표현하진 않았지만 우린 서로 그 마음을 안다. 선생님이 괴로워울 때 정덕희는 TV 속에서 웃었고, 정덕희가 괴로워 울 때 선생님은 TV 속에서 웃었다. 내가 울 때 너는 웃고, 내가 웃을 때 너는 우는 게 인생이다.

어느 인생에 굴곡이 없을까. 다만 굴곡의 타이밍이 달라 엇박자가 나는 것일 뿐, 타인의 아픔에 따뜻하게 손잡아주는, 그래서 서로에게 의지가 되어 살고 싶다.

나도 그녀처럼

1997년에는 SBS FM에서 '정덕희의 신바람쇼' 라는 라디오방송을 진행했다. 담당PD로부터 섭외가 왔을 때 내가 물었다.

"어떻게 저랑 방송 하실 생각을 다 하셨어요?"

그랬더니 담당PD가 하는 말.

"원래 족속은 족속을 알아본다고 하잖아요. 아마 저랑 '같은 과' 이실 걸요?"

딱 한 번 만나도 '필' 이 통해 오래 사귄 친구 같은 사람이 있다. 잡지 인터뷰기사를 보다가도 직접 만난 적은 없지만 왠지 '같은 과' 라는 느낌이 팍팍 오는 사람들이 있다. 안 만나봤지만 만나본 듯한 사람, 그리고 한 번쯤은 꼭 만나보고 싶은 사람.

『효재처럼』이라는 책을 쓴 이효재 선생도 그런 분이다. 새 집으로 이사하면서 리모델링을 해준 잡지 기자에게, 그 잡지에서 기사로 자주 보았던 이효재 선생을 우리집에 초대하고 싶다는 뜻을 전했다. 고맙게도 생면부지 정덕희의 당돌한 초대에 이효재 선생이 흔쾌히 승낙을 해 여러 사람들과 함께 집들이를 할 수 있었다. 처음 만난 자리였지만 이미 매체를 통해 서로 익히 알고 있었기에 생각보다 별로 어색하지 않았고, 심지어 우리는 금세 살가운 친구가 되어버렸다.

이효재 선생과 나는 같은 과다. 순수, 열정, 자신에 대한 사랑, 거기에 약간의 광기까지, 여하간 우리는 같은 과다. 우리는 둘 다 처음 만난 자리에서 몇 시간씩 수다를 떨어도 전혀 부담이 없는 열린 마음의 소유자들이다. 물론 그날 모였던 다섯 여자 모두 따뜻한 가슴으로, 열린 마음으로 사는 사람들이었다.

세간에 기인 피아니스트로 잘 알려진 임동창 선생과 늦게 결혼한 효재 선생은 처음엔 몰랐던 남편과의 차이와 다름에 많이 속상했단다. 그럼에도 불구하고 남편을 원망하기보다는 있는 그대로의 남편을 인정하고 바라보며 예쁘게 살고 있는 사람이다.

일 년 중 거의 대부분을 밖으로 떠도는 남편을 둔 그녀는 그 고독과 기다림의 마음을 음식과 소품 디자인으로 승화시킨 현명한 여자다. 그러다보니 그녀만의 밥상, 그녀만의 색깔이 속속들이 밴 살림 노하우가 생겨났다. 혼자만을 위한 밥상을 정성껏 차리며 남몰래 흘렸을 숱한 눈물과 한숨…… 그런 고독과 인내의 시간이 있었기에 그녀가 차리는 밥상에 혼이 실리는 것이다.

자연을 사랑하고 옛것을 소중히 간직하며 우리 것이 좋은 것이라고 일깨워주는 박물관 같은 여자…… 쓸모없는 것도 멋진 작품으로 만들어내는 미다스 같은 여자가 바로 효재 선생이다.

친구도 나보다 나은 친구를 사귀는 것이 좋다. 배울 점이 많은 사람을 만나면 그 만남의 시간이 공부의 시간이 된다. 예쁘게 사는 효재 선생을 만날 때마다 예쁘게 살아가는 법을 하나씩 배운다. ♨

부탁의 기술

거절을 받아들일 수 있는 준비가 되었을 때 부탁하라.

김형곤씨는 같은 로터리클럽 회원이었다. 늘 아이디어로 충만한 사람이었고, 매사 앞장서서 행동하던 씩씩하고 쾌활한 사내였다. 그는 짧은 생을 굵게 살다 홀연히 떠났다.

그가 양재동 근처에 8층 건물을 지어 식당을 운영할 때 일이다. 일도 잘되고 돈도 어느 정도 벌어 생활이 안정될 즈음 그는 정치에 뛰어들었다. 어느날 모 정당 국회의원으로 총선에 출마한다며 전화가 왔다. 그는 내가 자신의 선거운동을 도와주었으면 했지만 당시 나는 여러 가지 이유로 정중히 거절할 수밖에 없었다. 언제나 '정덕희'라는 브랜드를 높이 사주고 내게 무슨 일만 있으면 나서서 챙겨주던 고마운 사람이었다. 하지만 당시 상황에서 그의 출마는 승률이 거의 없어 보이는 게임이었다. 어쨌든 그의 도움요청을 거절하면서 나는 그와의 관계도 끝장이라고 각오했다.

선거결과는 나의 예상대로 참패, 그런데 6개월 후 다시 그로부터 전화가 왔다. 미안한 마음에 얼른 사과부터 했다.

"그때 도와드리지 못해 정말 죄송해요."

그런데 그의 대답이 뜻밖이었다.

"저는 항상 50%의 거절 가능성을 각오한 뒤에야 누군가에게 부탁을 합니다. 그래야 서운한 마음이 생기질 않아 인간관계가 계속 유지되는 거지요. 너무 미안해하지 마세요. 거절을 받아들일 수 있을 만한 마음의 준비가 섰을 때 무언가를 부탁하는 것이 제 부탁의 기술입니다."

이 얼마나 현명한 노하우란 말인가! 대부분의 사람들은 상대방의 입장은 고려하지 않은 채 무조건 100% 받아들여질 것이라 생각하고 부탁을 한다. 그러다가 부탁을 거절당하면 엄청난 배신이라도 당한 양 "세상에! 어떻게 내 부탁을 거절해? 내가 저한테 어떻게 했는데…… 배은망덕도 유분수지. 앞으로 내가 또 아는 척을 하면 성을 간다!" 해가며 드러내놓고 욕을 하거나 적어도 속으로 욕을 한다. 결국은 인심도 잃고 사람도 잃는다.

살면서 내 일로는 특별하게 누군가에게 뭔가를 부탁한 기억이 별로 없지만, 자식들이 크다보니 부탁할 일도 자연히 많아졌다. 앞에서 소개했던 부산의 모 언론사 사장님께 부탁한 일도 실은 아이 문제였다. 아들 녀석이 취업할 나이가 되니 또 취업란 때문에 나도 걱정이 이만저만이 아니었다. 그것도 석사까지 마치고 병역대체 연구원으로 취업을 하려니 어려운 점이 한둘이 아니었다. 워낙에 유학파 박사들도 많고, 아들 녀석 실력이 그들에 비해 월등하게 뛰어난 것도 아니었다. 상황이 그렇다보니 나 역시 엄마인지라 안달이 나서 여기저기 부탁을 넣게 되었다.

부탁을 위해 만나는 자리는 피차 부담스러운 게 당연하다. 그래서 항상 나는 본론을 꺼내기에 앞서 김형곤 씨가 했던 말부터 인용하며 분위기를 편안하게 만들었다. 여러 번 떨어지기를 반복하다 결국 아들의 취업이 결정되자 그 동안 음으로 양으로 도움을 주신 분들에게 일일이 전화를 돌렸다. 부탁을 거절하면서, 아니면 나름대로 애썼지만 결과적으로 성사되지 않아 내내 찜찜했을 그분들을 생각하면서 말이다.

"고맙습니다. 그동안 신경 많이 써주신 덕분에 아들이 취직됐습니다. 잊지 않고 충성하겠습니다!"

그렇게 말해주면 거짓말 좀 보태 나보다 더 기뻐하는 분들이 대부분이다. 언제나 역지사지의 마음이면 모든 일이 순탄해진다. 거절을 받아들일 수 있는 준비가 되었을 때 부탁하라…… 명언 중의 명언이다. 그 말을 떠올릴 때마다 뭐가 그리 바빴는지 서둘러 떠난 김형곤 씨가 그리워진다. 🗣

눈치가 빨라야 사랑받는다

어린 시절 우리 부모님은 쌀집을 하셨는데, 형제자매가 열둘이나 되다보니 아이로니컬하게도 집에는 늘 먹거리가 부족했다. 일 년에 몇 번쯤은 보양식이랍시고 닭을 한 마리 잡아 열두 식구가 나눠먹기도 했는데, 고기야 늘 남자들 차지이고 여자들은 기껏 국물에 든 찹쌀이나 건져먹는 것이 고작이었다. 다른 언니들은 모두 팔자려니 하고 포기했지만, 끝에서 둘째인 나만은 닭 먹는 날마다 혀 짧은 소리로 아버지에게 응석을 부렸다.

"아부지~ 약주 한 잔 제가 따라드릴게요."

언제나 식사하실 때 따끈한 청주로 반주를 하시던 아버지에게 가장 확실하게 어필할 수 있는 방법이었다. 그러면 아버지가 얼른 솥에서 닭다리 하나를 뜯어 내 밥그릇 위에 올려주시곤 했다. 눈치가 빨라야 사랑도 받고, 먹을 것도 생기는 법이다.

바르게살기운동본부의 어느 지역 회장님은 고향이 같다는 이유 하나만으로 정덕희의 열혈팬임을 자처한다. 어느날 그분한테 문자메시지가 날아왔다.

"요즘 힘드시다는 소식 들었습니다. 저희 지자체의 바르게살기운동본부 자문위원직을 허락해주세요. 무조건, 무조건입니다. 누나, 아셨죠? 위촉 날짜에 맞춰 그냥 오시기만 하면 돼요."

강의장에서도 간혹 우스갯소리로 하는 말이지만, 다 늙은 놈들이 누나, 누나 하면 나도 좀 닭살이다. 그래도 남자동생이 없다보니 누군가가 '누나'라고 불러주면 속으로야 말할 수 없이 반갑다.

사실 나는 별로 내키지 않았지만 그 마음씀씀이가 고마워 일단 생각을 해보겠다고 했다. 그랬더니 그는 내 말은 자세히 들어보지도 않고 상황을 기정사실로 몰고 갔다.

"누나, 한복 입고 오세요, 한복."

"너무 튀면 안 돼. 이런 일 있을 때는 '나 죽었소' 하고 겸손을 떨어야지. 그렇지 않으면 또 씹힌다구. 자숙, 또 자숙! 오케이?"

행사가 열리는 수원의 어느 호텔. 행사가 진행되는 동안 그 지자체의 각 시·군에서 모인 40명의 회장단 얼굴을 한 분 한 분 체크해봤다. 다들 말은 안 하지만 그 사람들의 마음이 훤하게 읽힌다. 힘내라고 미소로 답해주는 분들도 있었고, '뭐야, 저 여자. 뻔뻔하게 벌써 활동개시하는 거야?' 하며 미묘한 눈총을 주는 분들도 있었다. 눈치 100단 정덕희, 머리보다 감으로 먼저 행동한다. 열둘이나 되는 형제자매들 틈에서 먹고살기 위해 터득한 눈치다. 원래 식구 많은 집이 '처세술 아카데미'라고 하지 않던가.

드디어 내가 위촉패를 받는 순서가 왔다.

"우리 바르게살기운동본부는 이번 학력파문의 희생자이신 정덕희 교수님께 그동안 바르게 살아오신 점을 높이 사 고문으로 위촉합니다 자, 그럼 고문으로 위촉되신 정덕희 교수님께 인사말을 청해 듣기로 하겠습니다."

어정쩡한 상황에서 끌려 나가 마이크를 잡았다.

"고맙습니다. 눈물이 나도록 고맙습니다. 고난의 늪에 빠져 있는 저에게 따뜻한 손을 내밀어주신 여러분, 정말 감사합니다. 역시 바르게살기운동본부의 회장님들은 모닥불처럼 마음이 따뜻한 분들이십니다. 여러분이 선뜻 내밀어주신 그 따뜻한 손, 하지만 전 그 손을 덥석 마주잡을 수 없음을 잘 알고 있습니다. 회장님께서 저를 아끼시는 마음에 일방적으로 밀어붙인 것을 저는 압니다. 힘을 실어주시려는 회장님께 누가 되면 안 되겠다 생각해 감사한 마음만이라도 전하려 이 자리에 왔습니다. 존경하는 여러 회장님들, 감사합니다. 저 정덕희도 회장님들처럼 늘 바르게 살도록 노력하겠습니다. 그리고 예쁘게 살겠습니다. 거듭 감사의 마음 전하며 저는 이만 물러가겠습니다."

그리고는 회의장을 빠져나왔다. 붙잡으려 따라 나온 그 동생(?)에게는 웃으며 안심시켰다.

"이렇게 하는 것이 그림이 좋은겨. 말은 못 하지만 분명 반대하는 분들도 몇몇 계시는 것 같더라. 동생을 위해서도 이게 좋은겨. 이 다음에,

이 다음에 하면 되잖아. 들어가 마저 진행해. 아무튼 고마워, 동상.”

　그의 만류를 뿌리치고 나오는데 이번에는 여성회원들이 따라 나와 내 손을 잡는다. 사람들이 이래저래 눈물 많은 년의 눈물샘을 건드려서 고개 들어 하늘을 봤다. 그리고 웃었다. 그렇게 웃음으로 울음을 가렸다. 세상에는 고마운 사람들뿐이다. 👤

그럴 수도 있지!

한번 곁을 떠났던 사람이 다시 돌아와 계속 이어지는 인연이 적지 않다. 그래서 나는 기다림에 익숙하다. 언제나 제자리를 지키고 있다 보면 십중팔구 인연은 돌아온다. 떠났다가 돌아오는 것도 큰 용기가 필요하기에, 돌아온 인연들은 더욱 소중하고 고맙다.

그러나 가끔은 오해 때문에 영영 떠나는 사람들도 있다. 그래도 나는 떠나는 사람 잡지 않고, 오는 인연 막지 않는다. 그냥 이런 마음으로 지금껏 살아왔다. '그래, 성심으로 살면 그만인 거야. 언제나 이 자리에 그대로 있으면 되는 거야. 떠나보면 그리워지고, 떠나보면 알 거야. 이만 한 년도 그리 많지 않다는 걸.'

모 제약회사 사장님과는 애초에 CF 관계로 만난 사이였지만 배포가 잘 맞아 금세 오누이처럼 가까워지게 되었다. 그런데 무슨 일 때문인지 정확히 기억나진 않지만 어쨌든 뭐가 서운했는지 언젠가부터 나를 서먹서먹하게 대하기 시작했다. 그러다가 아예 연락이 끊겨버렸다. 하긴 살갑게 지내다 하루아침에 멀어진 사람들이 하나둘인가. 그런 일이 있어도 나는 절대로 이유를 묻지 않는다. 그럴 수도 있지, 뭐 하고 만다. 누가 뭐래도 나는 언제나 그자리에 서 있으므로 떠났다가 돌아온 사람들은 더 돈독한 관계로 나와 인연을 맺게 된다. 결국 떠나갔던 그 사장님도 다시 내곁으로 돌아왔다.

"교수님 죄송해요, 오랫동안 연락을 못 드려서……."

일 년 반 만에 들려오는 낯익은 전화음성. 오해로 인해 한때 멀어졌던 인연의 목소리다. 놀라움과 함께 안도감이 밀려온다. 나는 그에게 진심으로 고맙다고 말했다.

"전화해줘서 고마워요. 어떤 인연도 제겐 다 소중해요. 그 인연이 어떤 모습일지라도 말이에요. 전화 쉽지 않았을 텐데 이렇게 마음써줘서 정말 고마워요."

"뵙고 싶을 땐 교수님 홈페이지에 잠깐씩 들어갔다 나오곤 했습니다. 승민이가 졸업한 것도, 이사하신 것도 알고 있었어요. 너무나 뵙고 싶네요. 정말 죄송합니다."

나는 누군가가 마음에 들어도 가까워지려고 안달하지 않고, 가까워졌다 멀어지는 사람에게도 채근하지 않는다. 언젠가 내가 그리워지면 다시 오겠지 하는 마음이다. 자신감이라면 자신감이고, 쿨하다면 쿨한 태도다. 정덕희식으로 말하자면 '그럴 수도 정신' 이라고나 할까.

성숙은 곧 유연함이다. 꼿꼿한 대나무는 바람을 거스르다 부러지지만, 유연한 갈대는 바람부는 대로 휘어져 끝까지 살아남는다. 물론 갈대에게 배울 점이 있고, 대나무에게 배울 점이 따로 있다. 나무 중 가장 표피가 매끈한 나무가 대나무다. 대나무의 표피가 그리도 매끈한 것은 속이 비어 있기 때문이다. 매끈한 표피로 마디마디 매듭지어 각 공간을 단절시켜야 튼튼할 수밖에 없는 대나무. 마음 다스림은 대나무를 닮고, 인간관계는 갈대를 닮는 게 좋겠다.

가까운 지인이 갑자기 만나자고 전화가 왔는데, 하필 그날 나는 아무도 만나고 싶지 않은 마음이었다. 특히 여자들은 외모에 민감해 머리 모양이 마음에 안 든다든가 입고 나간 옷이 마음에 안 들면 하루 종일 위축돼 행동의 제약을 받는, '그때그때 달라요' 마음이다. 그래서 거절을 하면서도 미안한 마음에 살짝 거짓말을 했다.

"아, 죄송해서 어쩌죠? 저 지금 대구거든요. 가까운 날 다시 뵙지요."

워낙 전국을 도는 직업이다 보니 만남을 거절해야 할 때 상대방이 기분 나쁘지 않도록 곧잘 써먹는 방법이다. 그런데 아뿔싸! 불과 한 시간 뒤 압구정동에서 우연히 그분과 맞닥뜨린 것이다. 정말 쥐구멍이라도 찾고 싶은 심정이었다. 그런데 그 민망한 상황에서 그분이 하는 말.

"정교수, 우리 안 본 거다? 우리 안 만난 거다? 여기는 대구, 이상!"

손사래까지 치며 내 무안함을 배려해주고 재빨리 멀어져간다. 얼마나 멋진 분인가.

살다 보면 어떤 날은 사람 만나는 것이 죽도록 싫은 날도 있다. 사실 그럴 때 악의 없는 거짓말 정도는 괜찮지 않나 싶다. 그럴 수도 있는 거지, 뭐. 안 그런가.

　내가 가장 소중하게 여기는 인연들 중에 '의리의 지지배 곽경희'가 있다. 10년 전 나의 제1대 매니저였던 사람이다. 지금은 과천에서 여성 의류 숍을 운영하는 사장님인데도 여전히 매니저 시절과 다름없이 나에게 깍듯하고 매사 섬기듯 한다. 원래 남성들에 비해 여성들은 상대적으로 조직의식이 희박해서 나이가 많든 적든 직위가 높든 낮든 다들 자기 잘난 맛에 사는 경향이 있다. 그런데 그녀는 '한 번 대장은 영원한 대장'이라는 식이다.

　한때 운동을 했던 몸이라 172센티미터의 키에 단단하고 날렵한 몸집의 그 친구는 그 시절 나와 함께 그야말로 전국을 돌아다녔다. 역마살도 왕역마살이라 할 만한데, 남편의 반대로 그 일을 접고 가게에 들어앉아 장사를 하자니 얼마나 답답하겠는가. 그래서 요즘도 가끔씩은 나들이 겸해서 내 지방출장에 은근슬쩍 동참하기도 한다.

　여자의 마음을 싱숭생숭하게 만드는 4월, 거제도에서 강의가 있다는 내 말에 그녀가 동행을 원했다. 원래 혼자 비행기로 갔다 올 심산이었는데 그녀가 동행하겠다니 이왕이면 드라이브도 하고 들녘의 봄기운도 느껴보려고 차를 갖고 가기로 했다. 그런데 하필이면 그날 아침부터 봄비답지 않은 장대비가 내렸다. 게다가 새벽에 그녀에게서 갑자기 시어른이 병원에 입원하시는 바람에 동행할 수 없겠다는 연락이 왔다.

　"어머, 어쩌니! 그래, 그래, 집안일이 더 중요하지, 뭐. 거제도야 나중에 또 함께 가면 되는 거고. 너무 미안해 말고 시어른부터 신경써라."

　사실 화창한 날에 한 약속은 비 오면 깨질 수도 있는 것이다. 그게 여자들의 마음이다. 정말로 시어른이 입원하셨는지 어땠는지는 중요하지 않다. 그냥 그날 아침에 문득 가기 싫어진 것일 수도 있다. 비가 오니 기분이 상한 것일 수도 있고, 날씨가 그러니 먼 길이 귀찮아진 것일 수도 있다. 그럴 수도 있지, 뭐.

"너 정말 웃긴다, 얘. 비행기 타고 갈 사람이 여행하고 싶다는 너 때문에 일부러 차로 가기로 했는데 당일 아침에 갑자기 이러는 법이 어딨니? 약속은 약속인데 지켜야 하지 않니. 매니저한테도 하루 쉬라고 일러뒀는데 도대체 이게 뭐니? 날 갖고 놀아도 유분수지. 아휴, 진짜 미치겠네. 몰라. 몰라. 끊어!"

이렇게 말했다면? 며느리가 시댁에 온다고 해놓고 사정이 있어 안 왔다고 시어머니가 혼내고 닦달하면 더 가기 싫어지는 법이다. 아무 생각 없이 당장 기분대로 내가 그렇게 말했다면 우리 관계는 서먹해지다가 결국 그녀도 내 곁을 떠나고 말았을 것이다. 그래, 그럴 수도 있는 거지 뭐. 그래서 지금 나는 외롭지 않다. ♟

사람을 오래 곁에 두는 지혜

친구의 단점을 친구의 장점으로 용서하라.

충청도 여자 하나와 경상도 여자 여럿이 만났다. 1995년 로터리 클럽 창단식에서 마산여고 친구들 몇 명이 충청도 여자인 나 한 사람을 그들 조직(?)에 넣어주기로 한 것이다. 화끈한 경상도 사람들답게 화끈하게 나를 끌어안은 것이다. 그래서 덕분에 내게도 경상도 친구들이 한꺼번에 많이 생겼다.

한번은 그 친구들과 함께 수다를 떠는데 그중 한 명이 재미있는 경험담을 털어놓았다. 경상도 태생인 그녀는 천안으로 시집와 살다 보니 웃기는 일도 참 많았다며 그간의 사정을 엮기 시작한다. 처음 시집와서 시어머님이 '됐슈' 하시길래 정말 됐다는 소리인 줄 알았더니 충청도에서는 그것이 안 된다는 의미였다나. 또 '알았슈' 하시기에 정말 이해하신 줄 알았는데 그것도 실은 모르겠다는 의미였다고. 뜨뜻미지근한 충청도 말과 화끈한 경상도 말의 의미가 어쩜 그렇게 180도 다를 수 있느냐면서 시부모님 말뜻을 제대로 파악하는 데만 장장 20년이 걸렸다고 너스레를 떤다.

이렇게 친구들끼리 만나면 언제나 이어지는 것이 뒷말이며 인물평이다. 또 다른 친구 하나는 인테리어를 하고 있는 자기 친구에 대한 험담을 늘어놓았다. 그분은 나하고도 방송 중에 인연이 있었을 정도로 그 분야에서는 꽤 이름이 알려진 프로다. 사실 예술을 하는 사람들은 대부분 기인기질이 조금씩 있다. 남다른 영감으로 사는 사람들이니까. 인테리어를 한다는 그분도 사회적으로 성공은 했지만 성격 때문에 가정적으로는 문제가 조금 있었던 모양이다. 듣다듣다 안 되겠다 싶어 내가 웃으며 한마디 했다.

"자기야. 친구의 부족분까지 사랑하지 않는다면 진정한 친구가 될 자격이 없는 거 아냐? 어딘가 한 군데씩 부족하니까 사람이지, 부족한 면이 없으면 그게 어디 사람이야? 약간 모자란 부분도 있고 그래야 사람이 정도 가고 그럴 거 아냐. 자기는 뭐 부족한 부분이 없을까봐? 누구는 친구를 사귈 때 그 사람의 가장 뛰어난 부분만 본다더라."

인테리어 하는 그분에 대해서는 그 예술적 감각만 높이 사면 된다. 그분을 통해 나의 미적 감각, 인테리어 감각을 한 단계 업그레이드시킬 수 있다면 얼마나 바람직한 일인가. 내게는 건강식품을 유난히 좋아하는 친구도 있다. 그 친구도 유난히 건강을 따지기 때문에 흉보기 딱 좋은 캐릭터지만, 그 친구는 그만큼 계절식품과 자연음식에 대한 조예가 남다르다. 봄철에 미나리, 여름에 토종닭, 가을에는 전어회와 송이버섯, 가을과 겨울 사이엔 석류, 겨울엔 꼬막, 사이사이에는 장뇌삼과 더

덕 등등. 그 친구 덕분에 나 또한 절로 제철 건강음식을 챙기게 된다. 그런가 하면 심하게 말해 '방석집 냄새'가 날 정도로 치장이 야한 친구도 있다. 모두들 그 친구와는 길을 같이 다니기도 민망하다며 뒷소리들을 한다. 그러나 그 친구는 워낙 정이 많아 남의 집 경조사도 자기 일처럼 나서서 도와주는 성격이다.

한번은 이런 일이 있었다. 열 길 물 속은 알아도 한 길 사람 속은 모른다더니 나와 아주 가깝게 지내는 친구가 다른 사람들 앞에서는 내 험담을 한다는 소리가 들려왔다.

"내 인생에 너 같은 친구가 있다는 건 정말 행운이야. 내가 이렇게 열심히 사업확장을 하는 것도 따지고 보면 다 너를 위한 거야. 이다음에 네가 사회사업을 하려면 누군가가 뒷받침도 해줘야 할 거 아냐. 내가 열심히 벌 테니까 너는 계속 네 생각대로만 해."

듣기만 해도 배부른 그 친구의 말에 나 역시 그 친구의 사업을 물심양면으로 도왔다. 사실 여자들이 만나면 수다가 길어지고, 수다가 길어지다 보면 평소 마음에 없던 남의 흉도 보게 될 때가 있다. 그런데 한 번도 아니고 같은 소리가 여러 차례, 여러 사람으로부터 들려왔다. "덕희 너 조심해야겠더라"라는 충고를 해주는 사람들도 있었다.

그 친구의 사업이 어려울 때 내가 이미지 실추를 각오하고 무조건 밀어주기까지 했는데 어쩌면 나한테 그럴 수가 있을까…… 괘씸하고 서운한 마음이 드는 건 당연했다. 물론 내 험담을 한다는 사람과 내 험담을 들었다는 사람을 한데 모아놓고 담판을 지을 수도 있었다. 하지만 내 사전에 삼자대면은 없다. 이 또한 결국은 '그럴 수도 있는 거지, 뭐' 의 마음이 되어버렸다. 그냥 내가 좀더 입조심, 몸조심, 사람조심하며 살면 되는 것이다. 가만히 생각해보면 그만 한 친구도 없다. 남의 말 하는 흠이 조금 있다 하더라도 어디 그 정도 나쁜 버릇 하나쯤 없는 사람은 또 얼마나 있겠는가.

그 후로도 누군가가 같은 소리를 하길래 이번에는 아예 못을 박았다.

"난 말야, 그 친구하고 정이 너무 많이 들었나봐. 자기가 그런 말을 해도 난 그 친구가 미워지지 않는 걸 어떡해? 역시 15년 인연이 무섭긴 무섭나봐. 그냥 '아, 그 친구한테 그런 면이 있었어? 앞으로 말조심해야겠네' 하는 정도야. 나한테 더 말해주지 않아도 돼."

지금도 그 친구는 내 곁에 있다. 다만 그 친구를 만날 때는 가급적 단둘이 만나지 않으려고 한다. 단둘이 만나면 서로가 말이 많아지고 그러면 필요없는 말도 나올 수 있다. 때문에 그 친구를 만날 때는 꼭 여럿이 만난다. 친구의 부족분까지 사랑하는 것이 친구를 오래 곁에 두는 지혜다. ♟

좌·절·금·지

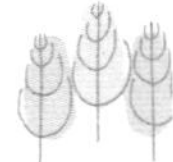

딱하게도 나는 아무리 속상한 일이 있어도 입맛 잃은 적이 없다. 복도 아주 큰 복을 타고났다. 남들은 마음이 아프면 먼저 입안이 깔깔해진다고 하는데, 내 경우에는 심한 감기몸살이 아니고서는 그런 적이 없다. 어머니가 나이들어 낳으셔서 그런가, 아니면 내 몸이 워낙 기초가 부실해서 그런가, 아무튼 때가 되면 배꼽시계가 정확히 알려준다. 일이 많아 정신없을 때나 버거운 삶의 무게가 힘겨워 주저앉고만 싶을 때도 나는 하루 세끼를 꼬박꼬박 챙겨먹는다.

살면서 힘들면 끼니도 거르고 술과 담배로 자신의 몸을 학대하는 사람이 있다. 하지만 고통도 고난도 언젠가는 반드시 끝난다. 다시 힘차게 달려나가야 할 그때를 위해서라도 힘들 때일수록 자신의 몸을 돌보는 것이 좋다.

큰 사업을 하다 부도를 맞고 몹시 괴로워하던 지인이 있었다. 밤마다 술에 취한 목소리로 내게 전화를 한다.

"미치겠어. 어쩌다 일이 이렇게까지 된 걸까? 정교수, 생각할수록 분통이 터져 죽겠어. 딱 일 년 전으로 돌아갈 수 없을까? 딱 일 년 전으로 말야."

괴로워 어쩔 줄을 몰라하며 거의 폐인이 되다시피 술만 끼고 살길래 참다 참다 하루는 작정하고 퍼부어줬다.

"도대체 뭐가 그리 억울하다는 거야? 자기가 원래부터 있었던 년은 아니었잖아. 원래 없던 년이 처음으로 돌아간 것뿐인데 뭐가 그리 억울해? 자기나 나나 원래 없던 년들이 한 번 때깔나게 살아본 것도 행운이라면 행운 아냐? 당장 술병 치우고 밥 먹어! 달랑 몸뚱이 하나에 정신력만 갖고 여기까지 온 년들이 몸까지 버리면 어쩌라구! 그 바탕이 어디 가나? 몸만 건강하면 금세 일어날겨. 자, 좌절 끝!"

그는 다시 사업에 전념해서 결국 재기에 성공했다. 빈말이겠지만, 어쨌든 그는 나를 만날 때마다 그때 호되게 야단맞은 덕분이라며 고마워한다.

발가벗고 태어나는 인생에 밑천이 어디 있나. 밑천이라면 내 몸이 유일한 밑천이다. 잘나갈 때는 안 먹어도 배부르다. 어려운 때일수록 챙겨먹고 추슬러 가며 뒷날을 준비해야 한다. 그래서 나는 속상한 일이 있으면 일부러 진수성찬을 준비한다. '참 어려웠을 텐데 얼굴은 더 좋아졌네?' 하는 소리를 들을 수 있도록 건강에 신경을 쓴다. 어려운 때 얼굴이 조금만 안 좋아져도 사람들은 혀를 찬다. 그래서 더 열심히, 더 실하게 먹으며 어려운 시기를 버텨내려고 한다. 오르막이 있으면 내리막이 있고, 내리막이 있으면 오르막이 있는 게 인생이다. 쉴 때 비축해야 오르막에서 에너지를 발산하게 되고, 그래야 가속이 붙는다. 죽을 때까지 내 재산 목록 1호는 내 몸이니까.

남들은 다이어트에 목을 맨다지만, 나는 워낙 말라 체중 늘이기가 쉽지 않은 체질이다. 그런데 마음고생이 극심했던 시기에 나는 오히려 2킬로그램이나 살을 찌웠다. 마음이 엉망이었지만 이미 잡혀 있던 스케줄을 펑크 없이 다 소화할 수 있었던 것도 바로 밥의 힘 덕분이었을 것이다.

개인적으로 한창 어렵던 시기에 대구 수성구에서 강의할 일이 생겼다. 다른 날보다 일찍 출발했기에 시간이 어중간했다. 평소 같으면 차 안이나 휴게소에서 간단하게 요기를 했겠지만, 워낙 마음이 심란하다 보니 모처럼 보양식을 먹어야겠다 싶어 그 부근에 살고 있는 친구에게 전화를 걸었다.

"나야. 점심약속 없으면 대나무집에서 만나자."

"안 죽고 살았네? 알았어, 지금 출발할게."

'대나무집'은 뒷산에 풀어 기른 토종닭을 백숙으로 내는 집이다. 살집이 쫀득쫀득한 게 여간 별미가 아니다. 그집을 알고부터는 다른 집 닭백숙은 내 기억에서 깨끗이 지워졌다. 직접 기른 푸짐한 야채에 향토색 물씬 풍기는 토종 밑반찬들을 대할 때면 꼭 할머니댁에 놀러온 기분이다.

대나무집에 들어서니 그집 며느리가 맨발로 뛰어 나와 눈물을 글썽이며 와락 끌어안는다.

"힘들었지예. 진짜로 속상해 혼났심더. 얼굴이 반쪽이 됐네예. 잘 오셨심더."

잠시후 한걸음에 달려온 친구도 도착했다.

"멀쩡하네? 다 죽었는 줄 알았더니…… 역시 정덕희답다 애. 내 친구 될 자격 있어! 합격!"

그녀는 언제 봐도 비타민 같은 여자다. 의리있고 쿨하기까지 하고, 이미 박사님이면서도 끊임없이 노력하며 나날이 발전하는 여자다.

"최교수, 이렇게 힘들 때일수록 더 잘 먹어야 하는 법이야. 어려울수록 더 강해지는 질경이 같은 강인함! 우린 질경이과 아니겠어? 호호호."

"맞아, 맞아, 질경이과. 그래 밟아봐라. 아무리 꾹꾹 눌러 밟아도 우린 옆으로 삐져나와 또 살아난다!"

밖에서 어쩔 줄 몰라 서성이던 안주인이 우리의 호호깔깔 소리에 저으기 안심이 되었는지 복분자술을 들고 들어와 한 잔씩 권한다.

"세상에…… 좋네예. 너무 보기 좋네예. 교수님 웃으시니 우리가 더 좋네예."

정덕희가 그냥 행복충전소 문지기를 하는 것이 아니다. 난 고통 속에서도 웃는 재주가 있다. ⧉

남자는 여자가 만든다

"이년의 팔자는 어째 이러냐. 어쩌다 그런 놈을 만나 이 모양 이 꼴로 사는지, 원. 웬수가 따로 없다니까. 에고, 내 팔자야."

살다 보면 숱하게 듣게 되는 여자들 푸념이다. 그나저나 닭이 먼저인가 달걀이 먼저인가. 그 사람 때문에 내가 이렇게 사는 건가, 나 때문에 그 사람이 그렇게 된 건가. 남자는 다 여자 하기 나름이라는데, 부부관계 꼬이는 데 아무려면 한 쪽 잘못만 있을까.

내가 아는 진아엄마는 몇 년 전 미국여행 때 알게 된 사람이다. 유쾌 통쾌 상쾌 경쾌한 여자, 웃을 때 보조개가 쏙 들어가 애교가 뚝뚝 떨어지는 여자, 여자인 내가 봐도 참 매력적인 여자다. 이런 여자는 집에서 살림을 해도 야무지고 똑부러지게 한다. 그런데 멀쩡하게 직장 잘 다니던 남편이 어느날 뜬금없이 의사가 되고 싶다고 하더란다. 그래서 진아엄마는 '그래, 그럼 한번 해봐. 내가 벌어보지 뭐' 하고 속편하게 대답했다는 것이다. 남편은 바로 다음날로 회사에 사표를 썼고, 진아엄마는 남편 대신 생활비를 벌기 위해 꽃가게를 시작했다.

저간의 속사정을 듣는 동안 진아엄마가 그렇게 멋져 보일 수 없었다. 지금 진아엄마의 일 년 수입은 남편이 받던 연봉의 두 배가 넘는단다. 역시 집에서 살림 잘하는 여자가 사회생활에서도 성공한다. 그녀의 남편도 결국 뒤늦은 공부에 성공해 지금 인턴과정을 밟고 있다.

완도 인근에는 아름다운 갈꽃섬(노화도)이 있다. 그곳에 '전복 신랑과 구절초 신부'라는 음식점이 있다. 바다가 가깝게 내다보이는 유리창 넓은 이층집인데, TV를 통해서도 여러 차례 소개된 적이 있다. 하늘거리는 여자가 갈꽃섬으로 여행을 갔다가 그곳에서 전복 양식을 하던 구릿빛 얼굴의 섬총각을 만났다. 고만고만한 섬들이 옹기종기 모여 머리 조아리고 앉아 있는 남해안은 호수 같은 바다다. 철썩이는 파도, 여유롭게 허공을 나는 갈매기, 첫눈에 반해버린 터프가이 섬총각……. 그 며칠 여행에 감성 풍부한 이 여자는 돌아가는 길을 잃어버리고 말았다. 그야말로 한 편의 시 같은 이야기다.

그러나 막상 섬아낙이 되고 보니 여행자의 눈으로 보던 때와는 모든 것이 너무 달랐다. 구릿빛 얼굴의 터프한 섬총각은 알고 보니 술만 먹으면 개차반이 되는, 집안에서도 골칫덩이였다. 섬의 다른 청년들과 함께 형님동생 하고 몰려다니는 것을 보면 목포의 무슨 폭력조직과도 연결되어 있는 것 같았다. 좁아터진 섬마을, 적응하기 힘든 폐쇄적인 지역문화, 앞이 보이지 않는 신혼생활, 무서운 남편……. 워낙에 섬세한 감성의 소유자였던 시인은 우울증에 시달리게 되었다. 그러나 워낙 지혜로운 여자이다보니 이러면 안 되겠다 싶어 돌파구 삼아 육지의 벤처 농업대학에 등록하였다. 거기서 인연을 맺게 된 것이 바로 구절초. 그 후로 그녀는 '구절초 시인'이라는 애칭을 얻게 될 정도로 구절초에 푹 빠져 살았다.

밖으로만 나도는 남편의 빈자리를 구절초 사랑으로 메우며, 그녀는 구절초를 재배하고 연구하여 새로운 상품으로 개발, 그것을 팔아가며 홀로 가정을 지켰다. 그러기를 몇 년, 얼마 못 버티고 육지로 줄행랑을 칠 줄 알았던 아내가 그토록 살아보려고 노력하는 것에 감동한 남편은 어느 순간 완전히 다른 남자로 변했다. 술 먹고 싸움박질이나 일삼던 사람이 어느날인가 섬마을 청년회장이 되더니 이내 갈꽃섬을 대표하는 유명인사가 되었다. 그토록 거칠었던 사내가 지금은 아내의 말이라면 무조건 껌뻑 죽는 한 마리 양이 되어 살고 있다. 한 남자를 180도 변화시킨 여자…… 그녀의 사연이, 그녀의 마음이 너무나 예뻐 나하고는 언니동생 하며 지낸다.

토요일 아침이 특히 반가운 이유는 조간신문에 실리는 북섹션 때문이다. 굳이 섹션 형태가 아니더라도 토요일이면 신문마다 책정보가 넘쳐난다. 신문에 실린 책소개, 북칼럼, 각종 비평과 광고들만 눈여겨 읽어도 책 몇 권을 읽고 난 듯 속이 든든하다. 물론 관심이 가는 신간이 있으면 직접 사기도 한다. 작가가 오랜 시간 발품 팔고 돈까지 들여가며 쌓아놓은 귀중한 경험과 지식을 단 몇 시간 만에 내것으로 만들 수 있으니 독서는 정말 이문이 남아도 왕창 남는 장사다.

나는 책광고도 꼼꼼히 읽어보는 편인데, 앞에서 일부 내용을 소개하기도 했던 『여자라면 힐러리처럼』도 처음에는 광고문구 때문에 관심을 가지게 된 책이다

한방 먹었을 클린턴의 표정이 떠오르지 않는가. 역시 힐러리는 멋진 여자다. 이 광고문구를 보고 그날로 서점에 들러 책을 샀다. 남편을 대통령까지 만든 힐러리뿐만 아니라 앞서 예로 든 진아엄마나 구절초 시인을 보면 확실히 남자는 여자하기 나름 아닌가.

혹시 섭섭하신가요?

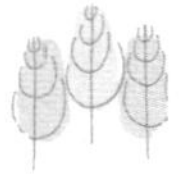

사람의 마음은 종잡을 수 없는 여름 날씨처럼 변덕스럽다. 나만 그런 것이 아니라 너와 그, 우리 모두가 변덕쟁이다. 잘나갈 때는 누가 뭐라 해도 거슬리지 않지만 내가 어려울 때는 소갈머리가 좁아져 이래도 삐치고 저래도 삐친다.

경제적으로나 심적으로나 여유가 있으면 매사에 자신감이 넘쳐서 나에 대한 험담도 대수롭지 않게 들어 넘길 수 있다. 나도 과거에는 이래서 상처받고 저래서 상처받으며 살아왔다. 그런데 내가 여유가 좀 생기고 보니 그 상처들 또한 열등감에서 기인한 것이 아니었을까 하는 생각도 든다. 누군가가 내게 상처를 입힌 것이 아니라 혹시 내가 스스로 내 마음에 칼집을 내고 괴로워했던 건 아닐까 싶은 것이다. 어쩌면 상대는 그리 깊게 생각해서 한 말과 행동이 아니었을 수도 있고, 악의가 전혀 없었던 것인지도 모른다. 지레 나 혼자 그렇게 생각하고 아파한 것이라면 필경 열등감 때문이었을 것이다.

어린 시절 같은 동네에 살던 계집아이 네 명이 똘똘 뭉쳐 '네잎 클로버 파'를 만들었다. 지금은 너무나 다른 모습으로 각자의 가정을 꾸리고 살지만, 어린 날의 추억을 함께 공유하는 죽마고우들인 셈이다. 몇 해 전 그 4인방이 모처럼 한자리에 모여 회포를 풀다 헤어졌다. 그리고 며칠 후 그중 어렵게 사는 친구로부터 전화가 걸려왔다.

"덕희야, 나 다음부터 모임에 안 나갈까봐. 경숙이는 입만 열면 골프 이야기더라. 듣기 싫어 혼났어. 골프채 한 번 만져보지도 못한 나는 그게 상처가 되더라. 부럽기도 하고, 부끄럽기도 하고. 나 못났지?"

그런데 경숙이가 많이 했다는 골프 이야기가 내 머릿속엔 별로 남아 있지 않았다. 사실 골프 이야기보다 다른 이야기를 훨씬 더 많이 했었으니까. 그런데 왜 그 친구에게는 그것이 그렇게 크게 느껴졌을까? 그 것이 바로 자격지심이고 열등감임을 나는 안다. 나도 어렵던 시절에는 자주 그랬으니까. 잘사는 친구야 골프가 생활이다보니 아무렇지도 않 게 골프 이야기를 하는 것이다. 하지만 골프를 칠 만한 여건이 안 되는 친구는 스스로에게 상처주고 상처입은 것이다.

요즘의 내가 예전 친구들을 만나면 조심하게 되는 것도 바로 그런 점 들이다. 수다를 떨다 보면 이 말 저 말 하게 되고, 그러다보면 내게는 그저 일상일 뿐인데도 그들에겐 잘난척하는 친구가 된다. 아무 생각 없 이 떠들어대다가 헤어지고 나서야 아차 싶었던 적이 얼마나 많았는지 모른다. '그 말은 하지 말 걸' 해가면서 말이다.

하지만 이래도 저래도 씹히는 것이 유명인들이다. 내가 아무리 조심하려고 애써도 결국 구설수는 생긴다. "걔는 유명해지더니 무슨 폼을 그리 잡니?" 정도면 양반이다. 그래서 이러지도 저러지도 못하고, 별 수 없이 외로워진다.

자꾸 언급하게 되어 안됐지만, 학력검증 회오리가 한창 거셀 때 몇몇 매스컴에서는 나를 '억울한 케이스'로 분류하고 인터뷰 요청을 하기도 했다. 모 방송국의 시사 프로그램에서도 내게 인터뷰 섭외가 왔는데 담당PD의 하소연이 좀 씁쓸한 내용이었다.

"'이미 방송가에서는 정덕희 학력을 알고 있었다' 라는 콘셉트로 증언인터뷰를 따야 하는데 영 쉽지가 않네요. 전화상으로는 정덕희 교수님은 억울한 케이스라며 잘 얘기하다가도 정작 카메라를 들이대면 방송에 나가는 것은 싫다며 거부하는 거예요."

주부대상 아침 토크쇼에서 함께 일하며 오랫동안 나와 친분을 쌓았던 작가 한 분이 그 무렵 문자메시지를 보내왔다.

'정말 죄송해요. 지금 제가 작가로 활동하는 것도 아니고, 남들 입방아에 오르내리는 것도 싫어 인터뷰는 못 하겠어요. 너무 너무 미안해요, 선생님.'

그 메시지를 보는 순간 정말 서운한 느낌이었다. 내 학력 문제가 처음 이슈가 되자 '선생님 학력 없는 거 모르는 놈도 있었대요? 웃겨……세상이 웃네요. 힘내세요, 아자, 아자!' 해가며 위로 메시지를 보내주었던 친구였다. 하지만 곧 평소의 정덕희로 돌아왔다. '그럴 수도 정신' 말이다. 내 마음이 가난하니 자꾸 서운한 마음도 들고 상처도 받고 그러는 것이다. 막상 내가 그런 상황에 처했다면 어떻게 했을까를 생각해 보며 나는 그녀에게 답신을 보냈다.

'마음이 움직이는 대로 해야지, 뭐. 그대가 인터뷰 안 해주면 어때? 나 때문에 마음에도 안 내키는 일을 해서야 되나. 절대 안 삐질게. 걱정 마~'

그런데 조금 있으려니 그녀로부터 다시 문자가 날아왔다.

'아무래도 찜찜해서 그냥 인터뷰할래요. 서운하셨죠? 난 영원히 선생님의 딸랑딸랑~ 어쩔 수 없슈.'

그 짧은 시간에 얼마나 고심을 하며 내린 결정일까를 생각하니 오히려 고마워서 속이 상했다. 고통의 계절에는 이래저래 속상한 일도 참 많았다.

언젠가 한 친구가 사업자금이 모자라다며 내게 부탁전화를 했다

"월말인데 막을 돈이 부족해서…… 자기, 여윳돈 좀 있어? 아님 마이너스 통장이라도 좀 부탁하면 안 될까?"

그 친구의 힘든 상황을 십분 이해했지만 마침 내게도 차용해줄 여윳돈은 없었다. 그리고 아무리 친한 친구사이라도 마이너스 통장은 좀 심하다 싶었다.

"동생이 지난주에 이사하면서 잔금이 부족해 내 통장을 헐었는데 어쩌니……. 지금 나한테는 여유가 없고, 내가 몇 군데 좀 알아보고 전화해줄게. 기다려봐, 잘 될거야."

전화를 끊는데 수화기가 영 무거웠다. 아무래도 변명처럼 들렸을 것

같아서 마음이 좋지 않았다. 어지간하면 돈 이야기를 못 할 친구가 용기를 내서 한 전화일 텐데……. 하지만 둘러댄 것이 아니라 내 사정도 정말이었다. 그러나 이런 상황에서 내게 돈이 있고 없고는 그 친구의 해석에 달렸다.

그 이후 실제로 몇 군데 융통할 데를 찾아보긴 했지만 워낙에 나도 그런 쪽에는 젬병이라 끝내 그 친구에게 도움을 주지는 못했다. 그 대신 미안한 마음을 담아 자주 안부전화를 해주는 것으로 대신했다. 김형곤 씨로부터 전수받은 '부탁의 기술'을 부탁받은 입장에서 먼저 말해줄 수도 없고…… 혹시 나 때문에 상처를 입거나 섭섭했던 것은 아닌지 대놓고 물어볼 수도 없고…… 아직도 나는 전전긍긍이다. ☻

그럼에도
행복하소서

행복은 멀리 있는 게 아니다. 바로 내 곁에도 있고 당신 옆에도 있다.
누군가에게 줄 때도 있고 받을 때도 있다. 큰 행복만 생각한다면
인생에서 행복한 순간은 많지 않을 것이다. 작지만 소중한
그런 행복을 순간순간 느낄 때 진정한 행복을 발견할 수 있지 않을까.

Chapter 4

행복은 사랑의 표현이다

행복을 끼고 사는 여자

여자 나이 마흔셋에 매스컴에 알려진다는 것이 과연 오로지 나의 능력 덕분이었을까? 적어도 그것만은 아닐 것이다. 내가 새로운 생활에 도전할 수 있도록 물심양면으로 도와주고 격려해준 많은 분들이 있었기에 가능했던 일이리라. 그래서 나는 늘 이 세상과 모든 사람들에게 감사하는 마음으로 살고 있다.

별볼일 없는 나에게 박수를 쳐주고 환호해준 사람들, 부족한 내 모습에서 희망을 읽어준 사람들…… 그 사람들에게 보답하기 위해서라도 예쁘게 잘 살아야겠다 다짐하고 또 다짐하며 살다 보니 아닌 게 아니라 내 삶도 많이 예뻐진 것 같다.

어린 시절, 쌀집을 했던 우리집은 명절이면 축제와도 같았다. 장사를 하다 보니 다른 집보다 금전적 여유가 조금 있어 명절이면 '베푸는 날'로 아예 정해져 있었다. 신문지에 둘둘 싸서 이곳저곳으로 보내던 쇠고기 한 근, 동그란 양철통에 담겨진 하얀 설탕가루…… 이집 저집 심부름 다니며 느꼈던 그때의 넉넉한 마음과 자랑스러운 느낌이 아직도 생생한 추억으로 남아 있다. 양말 한 켤레에 사랑을 담는 법을 유년에 배운 셈이다.

어느 해 한가위, 어린 날의 그 행복감을 다시 느끼고 싶어 많은 사람들에게 선물을 했다. 여기저기 마음을 전하며 베풀 수 있음에 감사한 마음이었다.

마지막으로 동네사람들과도 기쁨을 나누고 싶어, '좋은 이웃이 되고 싶습니다. 501호 아줌마' 라는 리본을 단 하얀 호접난을 1층 엘리베이터 옆에 놨다. 15층 아파트의 30가구 이웃이 누구나 볼 수 있는 곳이다. 그렇게 2003년 한가위부터 시작한 엘리베이터 앞 꽃장식을 이사하는 2006년 12월까지 계속했다.

이웃들이 처음에는 501호에 새로 이사온 사람이 인사차 놓아둔 것인 줄 알았단다. 그런데 몇 년 동안 엘리베이터 꽃장식이 계속되니 이웃들도 차츰 변해갔다. 어느 집이고 꽃 선물이 들어오면 하루이틀만 집 안에 두었다가 엘리베이터 옆에 놔두는 것이 아예 동네문화가 된 것이다. 어떤 날에는 1층 복도 전체가 아예 꽃 전시장처럼 보일 때도 있었다. 대림아파트 102동 1~2호 라인의 꽃장식 이벤트…… 옆 라인에서 참 많이도 부러워했었다.

이미 죽어 잎은 다 떨어졌지만 그 휘어진 느낌이 멋스러워 버리지 않고 잘 보관하던 분재가 하나 있었다. 어느 해인가 발렌타인데이 때 그 나무에 원뿔형 초콜릿을 색색으로 매달아놓으니 세상에 단 하나뿐인

'초콜릿나무'가 탄생했다.

나는 그 초콜릿나무에 '사랑의 나무입니다. 따서 드소서'라고 적힌 리본을 예쁘게 달아 역시 엘리베이터 옆에 가져다 놓았다. 특히 동네꼬마들이 여간 좋아하는 게 아니었다.

정월 대보름에는 대바구니에 한가득 부럼을 담아놓고 '동네사람들, 내 더위 오며 가며 드소서'라고 적힌 카드를 꽂아두었다. 동네분들이 한 움큼씩 코트 주머니에 넣으니 금세 바구니 바닥이 드러났다. 바구니가 그새 비었나 확인하며 들락들락 리필하는 재미에 아들딸이 모두 신바람을 냈다.

"엄마, 대박이야, 대박! 무지들 좋아하셔. 이러다 우리 살림 거덜나는 거 아냐?"

유별난 에미 만나 자식들까지 아무튼 심신이 번거롭다. 그래도 볼멘소리 한 번 없이 에미보다 더 신나하며 잘 따라준다. 대박이라니 기분 좋고, 그런 착한 자식들을 보고 있노라니 또 좋고…… 어느새 행복이란 놈이 슬슬 내 겨드랑이를 간질인다.

그날 부럼 값으로 5만 원이 들었다. 나중에는 이웃 몇 집이 바구니에 대신 부럼을 채워주기도 했다. 가장 신났던 일은 내가 꽂아놓은 카드 구석에 누군가가 '사랑합니다'라고 적어놓은 것이었다. 5만 원으로 이런 기쁨을 맛볼 수 있다고 생각하면 일상의 행복만큼 저렴한 것도 없다.

삭막하다는 강남의 서초동 아파트에서도 사람들은 그렇게 정이 있고 따뜻했다. 그런 이웃들과 헤어져 이사하던 2006년 겨울, 가지 말라고 손까지 잡고 아쉬워하던 802호 아주머니가 지금도 눈에 선하다. 그 아파트를 떠나는 날 나는 이사오던 첫해의 한가위 때처럼 하얀 호접란을 엘리베이터 옆에 놓고 왔다.

'안녕히 계세요. 좋은 이웃이 있어 행복했습니다. 501호 아줌마.'

사랑하라,
한 번도 상처받지 않은 것처럼

'사랑'이란 단어를 알지 못하면 그는 아직 진정한 인간이 아니다.

'죽는 날까지 일하고, 공부하고, 사랑하리라'

내 연구실 벽에 걸려 있는 액자의 문구다. 일, 공부, 사랑 중에서도 단연 으뜸은 사랑, 여자가 사랑 없이 살 수 있나!

내 인생 최고의 날이었던 1997년 3월 7일 SBS '금요 스튜디오'에서 첫방송이 있었다. 아직 겨울의 기운이 채 가시지 않은 3월 초였으니 색깔로 치자면 '회색의 계절'이었다. 사람들이 잿빛에 질려 있을 것이라고 생각한 나는 일부러 그날 연초록 미니스커트를 차려입고 녹화현장에 나갔다. 목소리도 봄의 기운이 연상되도록 톤을 높게 잡았다. 바로 그날 있었던 '주부도 프로화 시대'라는 강의 한 방으로 정덕희가 떴다. 특히 찜질방과 계모임에서 무서운 속도로 입소문이 퍼졌다나.

사실 그 첫방송은 제정신으로 한 것이 아니었다. 생소한 스튜디오, 떨리는 가슴, 샛노란 시야…… 오로지 산전수전 다 겪어온 아줌마의 '무대뽀 정신'으로 밀고나간 한 시간이었다. 무명시절부터 한 달에 100

여 시간의 강의를 소화하며 쌓아온 배포 덕도 컸다. 강의가 끝날 무렵 나는 침까지 팍팍 튀기며 큰 제스처로 목소리를 높였다.

"제가 오늘 이렇게 신바람 나서 강의하는 힘이 어디서 나온다고 생각하세요? 제 눈을 보세요. 아직도 못 느끼시겠나요? 잘 보세요. 이게 바로 사랑의 눈동자라는 겁니다. 사랑하소서, 사랑하소서! 험난한 세상 우리 서로 사랑하며 살아요! 사랑 없이 난 못 살아! 사랑하소서, 사랑하소서!"

강의가 재미있다는 평이 돌자 공중파 3사의 코미디 프로그램에서도 섭외가 왔다. 하지만 그럴 때 마다 나는 정중히 거절했다.

"고맙습니다. 그러나 살면서 유혹을 뿌리칠 수 있는 용기도 필요하다고 어느 책에 쓰여 있더라구요. 죄송합니다. 저는 강의가 본업이라……."

한 주에 한 번씩 전화를 하며 끈질기게 졸라대던 SBS의 '코미디하우스' 팀은 나를 섭외하다 지쳐 그 대안으로 김미화 씨에게 정덕희 흉내를 내게 했고, 그래서 탄생한 코너가 '김교수의 행복하소서'다. 깔끔한 정장에 15도로 비스듬히 서서 툭 튀어나온 입술로 달변을 쏟아내던 그 코너 역시 금세 장안의 화제가 됐고, 그 원조가 정덕희라서 나는 더 주목을 받았다. 지금 생각해보면 내게는 참으로 고마운 프로였고, 참으로 고마운 사람들이었다. 또 내 이름 앞에 자주 붙어다니는 '행복 전도사'라는 애칭도 그렇게 탄생하게 된 것이다.

앞서 소개했던 인도의 옛 시인 까비르는 이렇게 말했다.

"살아 있는 동안 아무리 많은 책을 읽을지라도 이 한 단어를 알지 못하면 그는 아직 진정한 인간이 아니다. 그 단어는 사랑이다."

이때 '사랑'은 이성간 사랑만 의미하는 것은 물론 아닐 것이다. 사랑의 대상은 사람에 따라 다양할 수 있다. 심지어 무생물을 끔찍하게 사랑하는 사람도 있다. 내게도 그런 병이 좀 있다. 우리집 안방을 차지하고 있는 30년 된 원목무늬 장은 나의 오랜 친구다. 내곁에서 나의 역사를 함께 써준, 별별 일도 많았던 30년 결혼생활을 신혼 첫날부터 묵묵히 지켜보았던 오랜 친구다.

나는 시간이 날 때면 콩기름을 발라주며 그 장롱과 대화를 한다.

"고마워. 그리고 사랑해."

그리고 긴 세월을 나와 함께해준 그 친구에게 정성스레 광을 내준다.

그 친구는 내가 이불 속에서 남편에게 혀 짧은 소리로 "있잖아, 있잖아~" 하는 소리도 들었을 것이고, 험악하게 싸우던 부부싸움도 시종일관 지켜보았을 것이고, 매일 밤 늦는 신랑 때문에 쏟아내던 나의 한숨도 피부로 느꼈을 것이다. 한남동 200평 저택의 2층 넓은 방에 문갑까지 폼나게 갖추고 살던 시절에도 나와 함께였고, 오갈 곳 없어 임시로 들어갔던 대치동의 캄캄한 계단 밑 어둠 속에서도 나와 더불어 있었다. 남향집 2층 햇볕의 따사로움에 행복해할 때도 나와 함께였고, 8월 장마로 허리까지 물이 차오르던 지하실에서도 나와 함께였다. 수줍은 새색시가 억척스런 아줌마로 변해가는 30년 세월 동안 그 친구는 늘 나와 함께였다.

그 친구에게서는 친정엄마의 냄새가 난다. 그래서 나는 친정식구 대하듯 그 장을 쓰다듬으며 수시로 말을 건다.

"예쁘게 살게. 아무 걱정 하지 마."

무생물과도 사랑의 언어를 주고받는 여자, 난 사랑 없이 못 사는 불치의 사랑병 환자다.

사랑하라, 한 번도 상처받지 않은 것처럼

– 알프레드 디 수자

춤추라, 아무도 바라보고 있지 않은 것처럼.
사랑하라, 한 번도 상처받지 않은 것처럼.
노래하라, 아무도 듣고 있지 않은 것처럼.
일하라, 돈이 필요하지 않은 것처럼.
살라, 오늘이 마지막 날인 것처럼.

누군가에게 의미가 되고 싶다

내가 '말하는 직업'을 천직으로 여기는 것은 바로 '말이 가지는 의미' 때문이다. 단 한 번의 만남에서 말을 통해 누군가에게 다가가 하나의 의미가 된다는 것. 강의를 시작한 지도 어느덧 15년이다. 내 강의를 듣고 변신에 도전하여 성공했다는 여성분들을 만날 때가 종종 있다. 지금은 한 유명 미용실에서 내게 메이크업을 해주시는 실장님도 대기업에 다니던 20대 때 내 강의를 듣고 도전하여 변신에 성공한 케이스다.

비행기 비즈니스석 바로 옆자리에 앉아 내 손을 꼭 잡으며 고마움을 표시하던 어느 전문강사도 있었다. 그녀 역시 대기업의 평범한 여직원이던 20대 때 내 강의를 듣고 자신도 강사가 되고 싶어 노력한 끝에 현재 사내(社內) 강사로 전국을 내집 드나들 듯하며 보람있게 산다고 고마워했다. 집 안에서 방바닥에 엑스레이만 찍어대던 어느 우울증 환자는 방송에 나온 나를 보고 이게 아니다 싶어 훌훌 털고 일어나 돌파구를 찾다가 지금은 노래강사가 되었다. 그녀가 매년 보내주는 돌산 갓김치를 먹을 때마다 양념 하나하나에 그녀의 진솔한 마음이 배어 더 맛이 난다.

한 번 마주잡은 손바닥으로 사랑을 전하고, 어쩌다 스치는 눈길에도 정을 담아 보내며 고단한 누군가의 삶 속에서 자그마한 희망의 꽃으로 피고 싶다. 워낙에 한 번의 짧은 만남, 단순한 행동 하나에도 의미를 부여하고 오만잡것이 다 내 품안에 있는 것처럼 오지랖 넓게 사는 까닭에 신경의 선이 많이도, 넓게도 뻗어 있다. 그래서 때로는 나뿐만 아니라 주변사람들까지 약간씩 피곤하게 만들곤 한다.

크리스마스 날 집으로 쳐들어오겠다는 지인의 말에, "오세요. 그냥 있는 대로 먹지 뭐"라고 말해놓고는 온 세상 크리스마스 파티를 혼자 다 책임진 양 법석을 떨기도 한다. 이왕 하는 파티라면 무언가 의미를 주고 싶어 작전을 개시한다. 손으로 카드를 만들며 머리로는 어떤 이벤트로 기쁨을 줄까 궁리하고, 코로는 익어가는 음식냄새를 체크한다.

나는 항상 누군가에게 의미가 되고 싶고 기쁨이 되고 싶어 안달하며 사는 푼수 중의 왕푼수다. 마음이 바쁘니 절로 멀티태스킹이 된다. 이것저것 선물까지 챙기고 나니 이젠 정원이 너무 썰렁한 느낌이다. 친구가 운영하는 가게에 들러 급하게 파티용품을 구해온다. 올해는 블루가 유행이라는 말에 파란 전구를 소나무에 걸어놓고 정원을 환하게 밝혀둔다. 기뻐하고 감탄할 사람들을 생각하면 벌써 마음이 들뜨고 아이디어도 마구 샘솟는다. 집안에 있는 촛대를 다 동원하여 여기저기에 촛불을 밝혀놓고, 크리스마스 캐롤은 CD로 구워 데크에 넣어둔다. 마지막으로 빨간모자를 머리에 쓰고 와인을 준비해둔다.

파티가 끝났다고 나의 '소녀질'이 끝난 건 아니다. 우리 식구들만 두고 보기에는 너무나 아까운 파란 조명들…… 동네골목을 오가는 사람들에게도 따뜻한 의미가 되고 싶어 안달이 난 나는 이른 아침부터 아들을 들볶아 담장 너머 능소화 줄기에 그 등을 하나하나 매단다. 뭉텅이로 아무렇게나 걸어두면 간단할 일이지만 굳이 담장에 사다리까지 걸쳐놓고 아들에게 곡예를 시킨다. 다양한 선을 살려 진선미 꽃꽂이 기술까지 발휘해가며 장식하자니 아들이나 나나 고생을 안 할 수가 없다.

그래도 지나가는 사람들이 잠깐이나마 행복해할 것을 생각하면 절로 신바람이 난다. 지나가는 행인들에게도 의미가 되고 싶어하니 내가 봐도 나는 참 유별난 사람이다. 그래서 말하지 않았던가. 나는 행복충천소의 충실한 문지기이자 행복지기라고.

등을 달아놓았지만 환한 시간에는 빛을 볼 수 없다. 밖에서 일을 하는 동안에도 어서 빨리 어둠이 내렸으면 하고 노심초사 기다린다. 고속도로를 달려 집으로 가는 동안 마침내 어둠이 내린다. 나는 동네사람들에게 그 예쁜 불빛을 한시라도 빨리 보여주고 싶은 마음에 집에 전화를 걸어 아들에게 플러그를 꽂게 한다. 당장 내 눈으로 직접 볼 수는 없지만 내 마음속에는 이미 파란 불빛이 한가득 명멸한다.

밤늦게 돌아와서는 동네 어귀에서부터 차창을 열어 목을 길게 빼고 우리집 담장 쪽을 본다. 다양한 선을 따라 굴곡진 아름다움으로 반짝반짝 웃어주는 파란 불빛들…… 겨울의 스산함을 녹여주는 골목길 안 따스한 의미가 되기를 빈다. 👤

용서하라,
그래야 행복해진다

진정한 승자는 적이 아니라 자신과 싸워 이긴 사람이다.

상처

상처 안고 시작한 생

가시밭길이었고

상처받고 사는 생

멍투성이었고

상처 삭이며 사는 생

호흡 속에 한 내리네

상처의 구둣발

온몸을 짓밟을 때

한창 고생하던 1980년대에 쓴 졸시다. 어찌 보면 모진 상처와 그 자극으로 인해 오늘의 내가 존재하는 건지도 모른다. 지금 생각해도 참 이상한 것은, 그 모든 상처와 고난 속에서도 누군가를 미워하거나 원망하는 마음은 없었던 것 같다. 시댁에서 쫓겨나 계단 밑 반지하 생활을 할 때도, 2007년 한 시사주간지 기자가 나를 마치 학력위조자인 것처럼 몰아붙여 고통받을 때도 그랬다. 이를 갈고 미워하기보다는 다만 그 상황을 한시바삐 벗어나려 노력했고 마음을 다스려 평안을 찾고자 애썼다.

책을 찾아 읽으며 평소 성인들의 마음가짐을 본받으려 노력해온 덕분이기도 하겠지만, 사실 그보다는 부모로부터 물려받은 천성 탓이 더 클 것이다. 타고나길 밖으로 분출하기보다는 안으로 다독이는 스타일로 타고났고, 그냥 그런 마음으로 지금까지 살았다.

나는 요즘도 매일 아침마다 전날의 일과와 아침의 단상을 일기처럼 써서 내 홈페이지에 '덕희생각'이라는 제목으로 올린다. 인터넷 문화에 어울리도록 적당히 가볍게 끄적여온 글부스러기가 벌써 800편쯤 된다. 남들은 뭐라 할지 몰라도 내겐 그 홈페이지가 바로 보물창고다. 곧바로 적어두지 않았으면 증발해버리고 말았을 내 소중한 삶의 흔적과 단상들…….

비밀이에요 비밀.

이건 정말 말하면 안 되는데……

비밀이에요, 비밀.

쉿! 누구 얘기냐고 묻지 말아요. 진짜 비밀로 해야 한다니까요.

그러니까 방송국 어느 프로그램에서 저희 집을 먼저 리모델링해주고 나서 저보다 좀 늦게 출연한 분입니다. 스타랍니다, 정말 유명한 스타.

조명발에 속지 말고 화면발에 속지 말며 화장발에 속지 말라는 스타. 매스컴으로 보여지는 부분과 보이지 않는 부분이 180도 다른 스타. 리모델링 내내 그렇게 까다롭게 굴 수가 없어 인부들과 관계자들이 도중에 손놓고 싶을 정도였다는. 그래도 끝까지 도닦는 마음으로 리모델링을 마쳤는데, 글쎄 얼마 안 되는 수리비를 안 주더래요. 질질 끌면서 이 핑계 저 핑계.

우리가 알고 있는 그 사람 이미지는?

쿨하고 순수하고 천사표에 '싸가지 있어' 형!

그런데 알고 보니 아니래요, 정말 아니래요.

얼마나 애를 먹었는지 화가 난 인테리어 코디네이터가 방송에서 망신을 주고 싶을 정도였다나.

궁금하시죠? 그래도 말할 수는 없어요. 얼마나 입이 근지러운지 알아요? 저도 말해버리고 싶다니까요. 그치만 말하면 명예훼손이라 시끄러워지걸랑요.

하여간 그 이야기를 침까지 튀기며 해대는 그 코디네이터의 얼굴이 지옥입디다.

그래서 제가 말했지요.

"몇 푼 안 되는 돈 너나 먹어라, 해버려. 당신 얼굴이 지금 지옥이야. 억울하잖아? 남 때문에 내 마음이 지옥이 되다니. 너 먹어라, 하고 잊어버려. 다 하늘에서 기록해두었다가 그대로 갚아주시는 거지, 뭐. 세상에 거저가 있나?"

누군가를 미워하는 순간 내 마음이 지옥이 되고, 누군가를 용서하는 순간 내 마음이 천국이지요. 결국 용서는 나를 위해 하는 것이랍니다. – '덕희 생각' 중에서

'덕희생각'에 올렸던 글 한 대목이다.

고통을 통해 성숙하려면 분명 우리에게 상처를 입힌 그 누군가가 있어야 한다. 그런 사람들 덕분에 우리는 용서를 베풀 기회도 얻는 것이다. 따라서 그들은 우리의 스승이다. 그들은 부정적인 방법으로 우리 내면을 시험한다. 어떤 싸움에서 이겼다 해도, 상대방에 대한 분노의 마음을 가지고 있었다면 진정한 승리가 아니다. 이미 마음속에서 상대방을 죽여놓고 시작하는 싸움이므로 불공정 게임이 된다. 확인사살을 하는 셈이므로 범죄가 된다. 진정한 승리자는 적이 아니라 바로 내 안의 분노와 싸워 이긴 사람이다.

달라이라마께서도 말씀하시지 않던가.
'용서하라. 그래야 행복해진다.'

주술의 기적

나는 아무 근거 없이 무슨 일이든 잘 될 것이라며 어릴 적부터 이미지 트레이닝을 했다.

"난 달라!"

"난 남들보다 멋지게 살 거야!"

"난 무조건 잘되게 돼 있어!"

"나보다 재수 있는 년은 없을걸!"

"난 복받은 년이야!"

어린 시절부터 내가 줄곧 입에 달고 다니던 주문들이다.

초등학교 시절에는 친구들과 고무줄놀이, 사방치기를 할 때마다 나는 놀이 틈틈이 운동장에 숨어 있는 유리조각을 골라내곤 했다. 중학교, 고등학교 시절에는 등교 전에 버스터미널 청소를 하는 봉사대에 참여했고, 점심시간에는 선생님이 벗어놓은 구두에 침까지 탁탁 뱉어가며 스타킹으로 반짝반짝 광을 냈다. 한 달에 한 번씩은 농촌봉사, 고아원 방문에 참여했다. 명절 때면 언니들끼리 수다떨며 올케들에게만 부엌일을 떠맡길 때도 나는 혼자 ‘착순이’가 되어 부엌일을 거들었다.

내가 착하고 정의로워서 그랬다기보다는, 착하고 정의로워져야겠다는 생각 때문에 그렇게 한 것이다. 먼 훗날 내가 어른이 되면 그 모든 것들이 다 내 이미지로 쌓일 것이라는 ‘계산’을 한 것이다. 생각이 운명을 바꾼다. 고향을 떠나 군자동에서 자취를 하며 어렵게 살던 시절에도 시내에 나갈 일이 생기면 일부러 호텔 화장실을 찾아가 볼일을 보곤 했다. 그것도 어깨를 똑바로 펴고 당당하고 배포 있게 들락거렸다. 어쩌다 패션쇼 티켓을 딱 한 장 얻게 된 날, 나는 무릎 위에 다이어리를 펼쳐둔 채 가끔씩 무언가를 진지하게 적는 시늉을 하며 패션쇼를 관람했다. 나는 앞으로 잘 될 거니까, 앞으로 이런 곳을 제집처럼 드나들며 살게 될 테니까. 그런 유별난 이미지 트레이닝, 자기암시들이 오늘의 나를 만든 것은 아닐까.

무명시절 강의를 할 때는 이렇게 자기소개를 했다.

“나라 정(鄭)! 큰 덕(德)! 계집 희(姬)! 나라의 여성들을 위하여 무언가 큰일을 할 여자 정덕희입니다!”

한 5년쯤 그 인사말을 반복하고 다녔더니 정말로 이 나라 여성들을 위해 무언가 일할 수 있는 사람이 되었다.

10년 전의 일이다. 늙어서 사회사업을 하려면 한창 때부터 준비를 해야 한다는 생각에 만나는 사람들마다 이렇게 소문을 냈다.

“제가 사람들에게 분에 넘치는 사랑을 받았잖아요. 그래서 일찌감치 땅이나 좀 사서 집짓고 살다가 나중에 거기에다 좋은 일 좀 하려구요. 어디 좋은 땅 있으면 소개해주세요.”

내 소문을 듣고 가평에 사는 한 독지가가 3000평을 기부하겠다며 연락을 해오기도 했다. 하지만 아직은 좀 더 강연에 매진해야 할 입장이고 당장 사회사업을 본격적으로 시작할 계획이 아니라 그 제안을 정중히 거절했다. 그리고 얼마 후 안성 덕산저수지 앞에 좋은 땅이 났다는 소식이 있어 냉큼 달려가보았다. 덕산의 저수지를 끼고 있는 음지형 마을이었다. 풍광은 좋은데 방향이 왠지 마음에 걸려 주변를 돌아보는데 저수지 너머로 빨간 기와집 한 채가 눈에 확 들어온다.

“어머! 저 정도 터면 지금 당장 사고 싶네요. 너무 좋네. 저기 누구 땅이래요?”

소개자에게 물었지만 사실 매물도 아닌 땅에 다짜고짜 침부터 바를 수는 없는 일이었다. 그리고 정확히 1년 뒤에 친구로부터 전화가 왔다. 그 친구의 가까운 지인이 아주 아름다운 땅을 가지고 있는데 아무나 줄 수 없다며 자신에게라면 팔겠다고 제의를 해왔다는 것이다. 평수가 넓어 혼자 사기 벅차니 함께 사면 어떻겠냐는 것이다. 그래서 따라가보니, 일 년 전 내가 찍었던 덕산 저수지 양지 바른 언덕의 그 빨간 기와집이었다.

바로 그집이 나중에 SBS 프로그램 ‘잘 먹고 잘사는 법’ 에서 베스트 집으로 선정한 ‘저수지 위 하얀 집’ 이다. 노후에 좋은 일을 하고 싶으니 좋은 땅 좀 있었으면 하는 주술이 그대로 이루어진 것이다. 안성 땅을 사기 5년 전 쯤 모 인테리어 잡지사로부터 '내가 살고 싶은 집'이란 글을 청탁받게 되었는데, 그때 내가 그렸던 집이 바로 그집이다.

약간 언덕이 있는 산 아래쯤
뒤에는 떡갈나무 우거져 완연한 사계를 느낄 수 있고
아침마다 물안개 피어나는 작은 저수지가 집 앞에 있는
유럽풍의 하얀 창틀이 인상적인 소박한 집이었으면 좋겠다.

창가에 앉으면 저수지가 연못처럼 펼쳐진 그곳에서
푹신한 의자에 앉아 잔잔한 음악, 새소리, 바람소리, 물소리 들으며
지난날의 추억조각 하나하나 끄집어내며
글을 쓰며 늙고 싶다.

내가 쓴 글과 똑같이 생긴 집, 15년 전부터 내가 꿈꿔왔던 상상 속의 집, 그집에서 나는 지금 이 글을 쓰고 있다. 이것이 바로 주술의 힘이다. 누가 뭐래도 난 그렇게 믿고 있다. 주술은 곧 내 삶의 미래이자 비전이다. 이것이 요즘 유행하는 '시크릿' 아니겠는가.

내 마음의 대장간

TV 뉴스에 자주 등장하는 정치인들을 보면 참으로 신기할 따름이다. 일반인들 같으면 울고불고 난리칠 상황에서도 아무렇지 않은 듯 미소까지 지으며 참 잘도 버틴다.

얼마 전 '학력파동'으로 매스컴의 집중적인 타깃이 되었을 때 느낀 점은, 매도 맞아본 놈이 잘 맞는다는 것이다. 처음 매를 맞아본 사람은 아무런 대책도 전략도 없이 속수무책인 반면 이미 여러 번 매스컴에 얻어맞아본 분들은 감정의 노출도, 그에 대한 어떠한 항의도 변명도 없이 딱 숨어버린다. 또 어떤 분들은 "학교에 알아보라" "나는 더이상 할 말 없다" "법정에서 가려줄 것이다" "왈가왈부할 가치가 없다" 하는 식으로 그 속마음은 어떨지 몰라도 매스컴 앞에서는 냉정함과 치밀함으로 일관한다.

역시 경험이 최고의 선생이다. 무슨 일에서도 초보는 티가 난다. 그래도 낙관주의자로서 나에게 유리한 해석을 해본다.

'그 사람들도 초보일 때는 나 같았을 거야. 사실 너무 위장하는 것도 비인간적이잖아? 잠깐씩은 있는 그대로의 인간적인 모습을 드러내는 것도 나쁠 것 없지, 뭐. 에이, 드러내놓고 망가진 게 차라리 잘한 거야!'

어린 시절 읍내 시장통에 살았던 내게는 5일장이 축제날이었다. 이리 기웃 저리 기웃, 간식이 귀했던 때라 장날이면 넘쳐나는 먹거리들을 구경하는 것만으로도 하루해가 졌다. 그때는 왜 그렇게 코를 질질 흘렸는지 옷소매는 노상 반질거렸는데, 닦고 또 닦아도 콧물은 그치질 않았고 코 닦은 지저분한 손으로 번데기를 집어먹으면서도 마냥 즐겁기만 했다.

약장수가 난장을 벌이면 맨앞에 털썩 주저앉아 한 자리 차지하고는 묘기가 끝날 때마다 열심히 박수를 쳤다. 학교수업이 있는 날이면 왜 그렇게 시간이 더딘지 궁둥이는 내내 들썩거리고, 수업이 끝나는 종소리가 채 끝나기도 전에 튕기듯 학교를 빠져나와 시장으로 내달리곤 했다.

땅땅땅땅~ 따다당~ 따따따당~~

경쾌한 망치소리에 이끌려 찾아간 곳은 대장간이다. 대장간 화덕 주변에는 일없는 아이들 말고도 어른 구경꾼들이 노상 모여 있었다. 노련한 타악연주자처럼 대장장이 아저씨가 경쾌하고도 리듬감 있게 만들어내는 온갖 소리들…… 시뻘겋게 달궈진 쇳덩이를 내리치는 쇠망치의 높낮이에 따라 큰 소리, 작은 소리, 높은 소리, 낮은 소리가 만들어진다. 어린 마음에는 대장간이 쇠붙이가 아니라 소리를 만들어내는 곳이라 생각하기도 했다.

어느 정도 쇠붙이를 두드리고 나면 물에 잠깐 담궜다가, 빨갛게 달아오른 화덕의 불구덩이 속에서 가열한 후 다시 꺼내 두드리기를 반복한다. 긴 집게를 잡은 한 손으로는 볼품없는 쇳덩이를 요리조리 뒤집고 모로 세우며 망치를 든 다른 한 손으로는 일정한 리듬에 따라 두드리기를 반복한다. 그 소리와 행동이 얼마나 신나고 신기하던지.

검은 쇠가 화덕 속에서 빨간 옷으로 갈아입고 투명한 빛을 발하며 대장장이 손에 한참을 시달리고 나면 비로소 낫, 호미, 칼 등의 이름을 얻게 된다. 차가움과 뜨거움, 극과 극을 오간 후에야 원하는 모양, 의미 있는 이름을 얻게 되는 다양한 연장들······.

어르신들은 '사람도 맞으며 큰다'고들 하신다. 어릴 때 맞는 매가 눈에 보이는 매라면, 어른이 되어 맞는 매는 눈에 보이지 않는 매다. 그래도 성숙을 위한 매라는 점에는 큰 차이가 없다. 어른이 되면 몸이 다 컸기 때문에 마음을 키워야 하고, 그러기 위해서는 아이 때와는 다른 새로운 매가 필요하다. 몸이 다 큰 어른도 마음의 대장간에서 많이 얻어맞을수록 성숙한 진짜 어른이 될 수 있다. 비바람과 폭설을 견디고 살아남은 나무가 봄날이면 더 곱고 예쁜 꽃을 피운다.

20여 년 전 내가 전업주부였을 때다. '기우는 결혼'이라며 시댁 식구들이 보이지 않게 무시하는 것이 너무 힘들었다. 그러던 중 하루는 결국 문제가 터졌다. 큰며느리로서 일러둘 말이 있어 뭔가 이야기하는 중에 아랫사람이 정면에서 내가 대학 못 다닌 걸 들먹이며 이런 말을 했다.

"격이 다르죠, 격이. 어디 4년 동안 헛돈 버렸겠어요?"

그날 밤 나는 그녀에게 편지를 썼다.

잔잔한 호수에 던진 조그만 돌멩이는 수면에 잠기면 그뿐이련만,

수면에 번지는 파문은 막을 길 없어 밤 깊어 모두가 잠든 이 밤

아픈 마음 잠재울 수 없어 자네에게 편지를 쓰네.

'격' 이란 무엇일까.

감히 본인의 입으로 평할 수 없는 것이 격이라 알고 있네.

확실히 말해두지만, 결코 4년의 격차가 격을 만드는 것이 아니란 사

실을 보여주겠네.

분명 이 다음,

난 빛나고 향기나는 여성으로 변해 있을 걸세.

'나 어디 나왔다' 를 가지고 평생을 울궈먹는 백조보다

현실을 열심히 살아가는 진정한 인간의 참삶이 값지다는 것을 직접

보여주겠네.

그날,

10년이 흐른 그날,

난 당당한 모습으로 하늘을 향해 소리치겠네.

참 살 만한 세상이라고.

오늘의 상처를 약으로 알고 한번 멋지게 살아보겠네.

40세가 되는 날,

자네로 하여 나는 무척 행복한 여자가 되어 있을 걸세.

－87년 3월 승필엄마가

정말 거짓말처럼 1997년, 그로부터 딱 10년 만인 마흔셋에 정덕희란 이름이 세상에 알려졌다. 이런저런 시련은 나를 더 강하게 단련시켰고, 지금 와서 생각하면 그 모든 시련 또한 감사의 대상일 뿐이다. 내가 이 자리까지 올 수 있도록 나를 끊임없이 자극해주었으니 말이다. '오너라, 시련아. 그런다고 내가 손 들 줄 아니?'

영화 〈바람과 함께 사라지다〉의 스칼렛 오하라의 모습을 떠올려본다. 삶과 당당히 맞서 싸워 이긴 여자, 맞으면서 당당하게 성장한 여자……. 나 역시 언제라도 맞아주마. 더 단단하고, 더 강하고, 더 옹골찬 삶을 위하여. 🙎

'미안합니다'의 위대한 힘

그날도 일상의 행복에 빠져 있었다. 가족이 도란도란 이야기꽃을 피우며 푹 고아놓은 곰탕을 맛나게 먹던 일요일 아침이었다. 내가 아들에게 말했다.

"부산머리! 거기 후추 좀 줄래?"

그때 왜 내가 우리 아들에게 '부산머리'라고 했는지 잘 모르겠다. 참고로 말해두자면, 그 시절 우리 아들이 제일 싫어하는 호칭이 바로 부산머리였다. 당시에 아들이 사귀던 여자친구의 출신지가 부산이라 농담 삼아 아들에게 "너는 부산여자 만나더니 머리까지 부산해졌니?"라는 농담을 했었다. 그래서 아들에게 붙여진 별명이 '부산머리'였다. 그래도 그 말에 그렇게 불에라도 덴 것처럼 발끈할 줄은 정말 몰랐다. 내 농담에 아들이 벌떡 일어나 의자를 박차며 "어머니는 내가 제일 듣기 싫어하는 그 말을 꼭 해야겠어요?" 하더니 방문을 꽝 닫고는 아예 문을 잠가버렸다.

　순식간에 일어난 일이었다. 나른한 행복에 겨워 있는 꼴을 하늘이 시샘해서 생긴 일이었던 모양이다. 평화로운 아침이 전란의 아침으로 급변한 상황, 가족끼리 약간의 트러블은 언제나 뜬금없고 예측불허다. 생각해보면 내가 그때 그 말을 해야 할 별다른 이유가 있었던 것도 아니다. 또 아들이 그 말에 그렇게 불 같이 화낼 이유도 없었다.

　어쨌든 하도 어이가 없어 멍한 기분이었다. 그래도 자식이 부모 앞에서 그렇게 화내는 꼴은 용납할 수 없었다. 그럴 때면 나는 소리질러 혼내지 않고 침묵으로 일관한다. 침묵이 때로는 가장 무서운 매가 될 수 있음을 잘 알기 때문이다. 묘한 집안 분위기를 감지한 아들이 급히 배낭을 챙겨 신을 신는다.

　"아들, 나 좀 보자. 어디서 그런 나쁜 버릇을 배웠니? 요즘 자식들이 부모를 우습게 안다지만, 난 부모 우습게 아는 자식 꼴은 못 본다. 오늘 아침에 『1분 사과』라는 책을 보니 '사과는 일찍 하는 것이 고통에서 빨리 벗어나는 길'이라고 쓰여 있더라. 만약 네가 스스로도 잘못했다고 생각된다면 빨리 사과하는 편이 너를 위해서도 좋지 않겠니?"

　그러나 아들녀석은 아무 대답도 없이 외면을 하고 기어이 밖으로 나가버렸다. 그런데 금세 핸드폰으로 문자메시지가 날아왔다.

　'저도 그 순간 '이건 아닌데' 하는 생각이 들었습니다. 잘못했습니다. 요즘 제가 공부 문제로 스트레스가 쌓여 괜한 상황에서 폭발한 듯합니다. 어머니, 죄송합니다.'

　그래서 나도 아들에게 문자를 넣었다.

'나도 잘한 것은 없다. 내가 그 순간 아들이 제일 싫어하는 말을 한 건 분명 내 잘못이다. 엄마도 미안해. 오늘은 우리 서로 반성의 시간을 갖도록 하자. 사랑해, 아들.'

드디어 찜찜함에서 해방되는 순간이다. 사과는 빠를수록 좋다. 괜한 자존심 때문에 어둡고 무거운 감정을 오래 들고 다니면 피차 손해다. 누구라도 먼저 잘못을 깨달았다면 재빨리 사과하는 것이 상책이다. '미안합니다, 잘못했습니다' 라는 말 한마디가 그리 어려울 것도 없다.

몇 년 전 화보촬영이 있어 단골 미용실에 들렀다. 원래 내 머리를 해주던 선생이 창업을 해서 나가는 바람에 하필이면 그 미용실에서 제일 바쁜 선생에게 머리를 맡기게 되었다. 그런데 보조언니가 머리를 감겨 주고도 한참이 지나도록 그 선생이 내게는 관심도 보이지 않았다. 그 무렵에는 나도 사람의 관심을 받는 것에 워낙 길들여진 터라 꽤 화가 났었다.

"오늘 서비스가 아주 엉망이네!"

화를 내고 나오려는데 다른 선생이 달려와 붙잡으며 자기가 머리손질을 해주겠단다. 시간도 여의치 않고 해서 결국 그집에서 머리를 하고 어찌어찌 화보촬영을 했다. 촬영을 한 스튜디오가 마침 그 근처라 촬영이 끝나고 우리는 그 미용실 건물에 있는 식당으로 점심을 먹으러 갔다. 그런데 공교롭게도 바로 옆테이블에서 아까 내 머리를 감겨준 보조미용사들이 식사를 하고 있었다. 나를 보고도 못 본 척 인사를 안 한다.

'저 어린 미용사들과 기싸움을 하는 편이 나을까, 아님 내가 먼저 사

과를 하는 편이 나을까?'

이런저런 생각에 건성으로 수저를 뜨고 있으려니 밥을 먼저 먹고 일어난 그녀들이 역시 인사도 없이 나가버린다. 결국 식당을 나와 내가 미용실에 들렀다.

"자기들아, 미안해~ 내가 잘못했어. 사실 내가 원래 성깔이 좀 있거든. 요즘 내가 도닦으며 살려고 하는데도 가끔 그놈의 성깔이 불쑥불쑥 고개를 쳐들 때가 있어. 마음 넓은 그대들이 이해해~"

손님이자 나이도 많은 내가 먼저 사과를 하고 만 원씩 팁까지 돌리니 그녀들이 감동한 듯 밝은 목소리로 "고맙습니다~" 하며 꾸벅 절을 한다. 스스로도 잘했다 싶어 흐뭇한 마음으로 돌아나오는 길에 뒤통수 쪽에서 소곤소곤 들려오는 말.

"어머, 어머! 너무 멋지다, 그치?"

결국 그런 말이 듣고 싶었던 거다. 정말 못 말릴 여자다. 🙎

퍼내도 퍼내도 샘솟는 물처럼

무엇이든 자주, 많이 하다보면 누구라도 전문가가 될 수 있다.

무엇이든 퍼내서 쓰다보면 언젠가 바닥을 드러내지만, 생각은 퍼내도 퍼내도 끝이 없다. 오히려 머릿속 샘에서는 퍼내면 퍼낼수록 새록새록 맑은 물이 솟아난다. 퍼내면 퍼낼수록, 쓰면 쓸수록 더욱 멋진 말이 만들어지고 아름다운 언어가 생겨난다. 글이 유난히 잘 써지는 날, 강연이 유난히 신나게 잘 풀리는 날 나는 무한한 행복감에 빠진다.

'어머! 어쩌다 이렇게 멋진 표현이 생각났을까!'

한번은 친구들과 청계산자락에서 저녁을 먹고 내려오다 우연히 조용한 카페 하나를 발견했다. 손님이 별로 없어 푹신한 의자에 묻혀 수다 떨기 딱 좋은 분위기였다. 비즈니스계에 몸담고 있는 전문경영인 친구들과의 대화는 언제나 진취적 분위기에다 피가 되고 살이 되는 정보들로 넘쳐난다.

"이제 세상이 급속하게 바뀌어 오프라인뿐 아니라 온라인 관리를 안 하면 너도 무대에서 금방 사라져야 할 거야. 내가 도와줄 테니 일단 카

카페를 만들어 운영을 시작하는 게 어때?”

스스로 ‘아날로그형 인간’ 이니 어쩌니 하면서 시대의 변화를 은근슬쩍 피해가려고 하다 보면 어느 순간 낙오되어버린 자신을 발견하는 세상이다. 그렇게 변해가고 있는 것이 아니라 이미 세상은 완연한 디지털 세상이다. 그래서 그 자리에서 내게 충고해준 친구의 도움으로 시작한 온라인 카페가 바로 ‘정덕희의 행복하소서’ 다.

따로 카페운영자도 있었지만 일단은 나부터 관심을 가져야겠기에 그때부터 일기처럼 써서 올리기 시작한 것이 ‘덕희생각’ 이다. 워낙 전국을 돌다보니 만나는 사람도 많고 주워 담은 이야기도 많고 느끼는 것도 많다. 그래서 나는 까페 런칭 이후로 매일 새벽이면 모니터 앞에 앉아 자판을 두드리며 아침해를 맞는다. 책에서 본 것이 아니라 체험을 통해 겪고 느낀 것들을 인터넷 문화에 어울리도록 쉽고 간결하고 재미있게, 마치 그림을 그리듯 적고는 마지막 한두 줄로 마무리 멘트를 한다.

그렇게 하기를 3년, ‘덕희생각’ 의 글도 850여 편 가까이 쌓이고 그 사이에 카페도 무척 활발해졌다. 이쯤 되니 처음에 까페 운영을 제안했던 친구가 이번에는 홈페이지 오픈을 종용한다. 정덕희의 온라인 아지트를 한 단계 업그레이드할 타이밍이 되었다는 것이다. 그래서 재작년 봄 정말로 내 마음에 쏙 드는 홈페이지를 만들었다.

애초부터 나의 홈페이지는 나를 홍보하기 위한 공간이 아니라 내가 받은 사랑을 되돌려줄 수 있는 상담창구요 행복을 충전해가는 ‘행복충전소’ 가 되기를 바랐다. 나는 홈페이지의 주인 정덕희라기보다는 행복충전소의 행복문지기를 자처했다. 그때부터 지금까지 계속 써온 '덕희생각'이 다시 120여 편. 그래서 지금 나의 글창고에는 총 900여 개의 '덕희생각'이 저장돼 있다. 그 글창고를 들여다 보면 마냥 뿌듯하다. 금세 고갈될 것 같아도 적어야 할 사연과 단상은 퍼내도 퍼내도 계속 생겨나고 만들어진다.

사실 카페를 운영하기 전에도 '정덕희의 말, 말, 말'이란 제목으로 써둔 글이 600편이 넘는다. 그 모든 글들이 곧 나의 강의노트인 셈이니 '보물창고'라는 표현에는 정신적, 물질적인 의미가 모두 들어 있다.

- 성공한 자의 과거는 비참할수록 아름답다.
- 피할 수 없으면 즐겨라.
- 최고가 되고자 원하지 마라, 지금 이 순간 최선을 다하면 최고의 자리로 밀려간다.
- 얼굴에 보톡스 맞지 말고 마음의 보톡스를 맞아야 한다. 마음의 보톡스는 감사하는 마음이다.
- 얼굴에 주름 생겨도 마음의 주름을 펴면 손해난 장사 아니다.
- 내 몸이 명품이면 무얼 입어도 명품이 된다.
- 소녀의 순수성, 숙녀의 절제성, 아줌마의 포근한 가슴을 가지면 최고의 여자다.
- 남이 보면 어려운데 내가 하면 쉬운 것이 프로다.
- 새 인연 만들 생각 말고 헌 인연 관리하며 살자.

　자다가도 뭔가 아이디어가 떠오르면 벌떡 일어나 메모해두는 습관이 있다. 그렇게 말들을 만들다 보면 당연히 옥돌도 있고 잡석도 있다. 위에 나열해놓은 메모들도 마찬가지다. 하지만 무엇이든 많이 하면 된다. 많이, 자주 하다보면 노하우도 생기고 옥돌이 출현할 빈도도 그만큼 높아진다. 처음에는 기존 경구의 모방이어도 좋겠다. 모방을 하다 보면 창조적 사고도 생기고, 그러다 보면 어느덧 나만의 것을 갖게 되는 날도 올 것이다.

　이제는 새벽 4시면 절로 일어나 컴퓨터 앞에 앉게 된다. 열 손가락을 기민하게 놀리는 수준은 안 되고 소위 '독수리 타법'이긴 하지만, 그래도 처음엔 어눌했던 손놀림이 이제는 열 손가락 쓰는 사람 부럽지 않을 만큼 빨라졌다.

　기계식 타자기도 아니고 살살 건드려도 되련만 이상하게도 글을 쓸 때는 젖 먹던 힘까지 다해 자판을 두드리게 된다. 그러다 보면 전신이 굳어진다. 결국 독수리 타법의 문제는 속도가 아니라 자세다. 언젠가는 나도 제대로 된 타이핑을 익혀야 하긴 할 텐데 바쁘다는 핑계가 늘 앞서고 당장 크게 아쉽지 않으니 차일피일이다.

　딸아이가 친구들 앞에서 제 어미 자판 두드리는 모습을 흉내내면 친구들이 배를 잡고 웃는단다. 마음껏 비웃으라지. 새벽마다 일어나 우당탕탕 두드리는 독수리 타법도 글감만 넉넉하다면 내게는 더없이 좋은 놀이가 된다. 퍼내도 퍼내도 마르지 않는 샘처럼, 내 생각과 아이디어만 고갈되지 않으면 그것으로 나는 만족한다.

세상 사람들 모두가 나에게 등을 돌려도
가족만큼은 언제나 내 편이다. 내가 맞아도 내 편이고
내가 틀려도 내 편이다. 그만큼 '가족'이라는 단어는 생각만 해도
정겹고 힘이 난다. 그리고 '가족'은 결코 배신하지 않는다.
왜냐하면 '가족'이니까.

가족이 힘이다

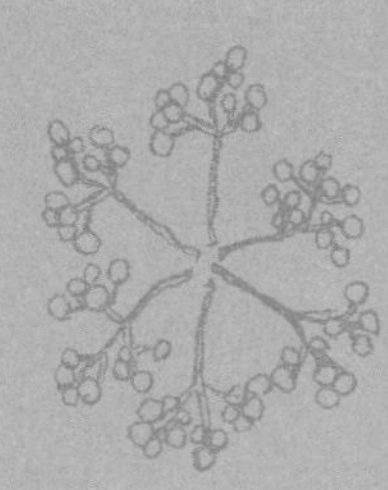
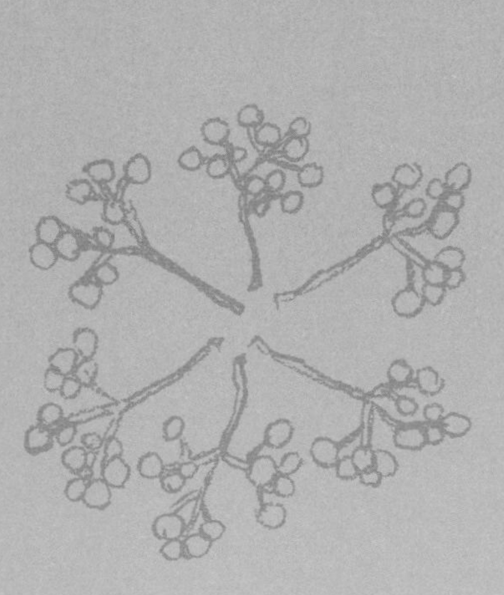

멋지게 늙는 방법

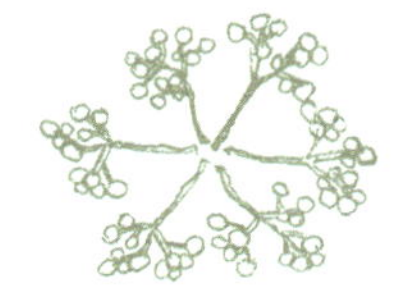

하지만 그 당시로 되돌아가고 싶지는 않아요.

세월이 가고 나이를 먹는 것이

훨씬 즐겁기 때문이지요.

나는 지금 이 생활에 정말 만족하고 있어요.

내게는 두려운 것이 없어요.

죽음조차도 무섭지 않아요.

죽음이란 것도 일종의 경험이나

즐거움이 아닐까요?

나는 지금까지 살아온

내 인생에 후회가 없답니다.

미국에서 가장 사랑받는 동화작가이자 화가, 원예가인 타샤 튜더가 쓴 『맘먹은 대로 살아요』에 나오는 구절이다. 93세의 할머니임에도 수채화처럼 투명하고 예쁘게 사는, 내 인생의 모델 타샤 튜더. 그녀의 모습 속에는 소녀, 숙녀, 아줌마, 할머니가 모두 함께 살아 숨쉬고 있다. 그녀처럼 죽음을 즐거운 마음으로 기다릴 수 있으려면 그 만큼 살아온 날들에 대한 후회가 없어야 할 것이다.

타샤 튜더의 그 자신감과 강인함의 원천은, 일생을 통하여 삶 속에 다져진 단단한 내공의 힘이다. 살아 있는 지금을 사랑하며 온몸으로 하루하루를 그림 그리듯 수채화처럼 사는 여자, 일상 속에서 행복을 만들어가는 영원한 소녀가 바로 그녀다.

일생을 통해 좋은 것만 간직하고 사는 여자는 아름답다. 아름다운 여자 타샤 튜더, 그녀를 진정 닮고 싶다. 그녀처럼 마음먹은 대로 살지는 못했지만 남은 날은 그리 살고 싶다.

나는 몹시 보수적인 집안에서 태어난 다섯째 딸이다. 호랑이 같던 아버지는 내가 고등학교 2학년 되던 해 돌아가셨지만, 돌아가시는 바로 그 순간까지 딸들에게 '여자' 라는 족쇄를 채워 꼼짝달싹못하게 하셨다. 해만 떨어지면 외출금지, 언니 동생 모두가 두레반(원형의 큰상)에 모여 앉아 무조건 책을 펼치고 앉아 있어야 했다.

초등학교 운동장에서 마을노래자랑이 있던 날, 아버지가 안 계신 틈을 타 어머니가 딸들을 단체로 구경을 보냈다. 그런데 예상보다 빨리 집으로 돌아오신 아버지…… 아버지의 불호령과 함께 집안이 발칵 뒤집히고 말았다. 아버지는 어머니까지 집밖으로 내쫓으시고는 아무도 집에 들어오지 못하도록 아예 대문을 잠가버리셨다.

달이 유난히도 밝았던 그날 밤, 쌀쌀한 늦가을쯤 되었을까. 어쨌든 밖에서 자기에는 너무 추웠던 것으로 기억된다. 쫓겨날 때마다 여러 번 해보았던 월장! 언니 중 하나가 엎드려 받침대가 되고 동생들이 담을 넘었다. 소리를 죽여 살금살금 담을 넘으면서도 키득거리는 소리를 참는 것이 더 고역이다. 알고도 모르시는 척 안방 한지문 밖으로 터져 나오는 아버지의 헛기침 소리가 무섭기는커녕 정겹게 들렸다. 그런 날이면 커다란 무쇠 가마솥이 걸려 있는 일본식 목욕탕에 어머니와 딸들이 옹기종기 앉아 밤새 수다를 떨었다.

그런 아버지 슬하에서도 워낙 유별났던 나는 어려서부터 아버지 몰래 하고 싶은 일은 다 해보며 자랐다. 사실 늦둥이에 애교쟁이인 내게 아버지는 조금쯤 어리숙한 호랑이였다.

학교 뒷산인 금오산은 말띠 계집아이들의 총싸움 장소였고, 관양산 계곡에 숨겨놓은 아지트는 소꿉장난의 궁전이었다. 도시도 시골도 아닌 읍내는 이 문화 저 문화를 다 맛보게 해준 어린 시절의 으뜸가는 견문창구였다.

코흘리개 계집아이에서 새침한 소녀가 될 때까지 나는 충청도 예산군 예산읍내에서 보냈다. 소녀는 누구나 시인이라고 했던가. 고등학교 3학년, 그러니까 예산 땅을 떠나오기 바로 전에 나는 마음맞는 친구들과 함께 예산여고 제1회 '쬐끄만 시화전'을 개최했다. 남들 머리 싸매고 예비고사를 준비하는 동안 우리는 대학 못 가는 설움을 시화전으로 달랜 것이다.

숙녀 시절에는 스스로 많이 다스리며 절제 속에 살았던 것으로 기억한다. 객지에서 여자 혼자 몸으로 자신을 지키려면 절제와 조심성을 체득하는 수밖에 없었다. 그 시절은 디스코 열풍의 시대였다. 나는 친구들과 함께 디스코장에 가도 밤 10시 30분쯤 분위기가 한창 무르익을 때 자리를 뜨곤 했다. 통행금지가 있던 시절이라 늦어도 그 시간에 자리를 뜨지 않으면 곤란해지기도 했다. 블루스 타임에 멋진 총각이 "춤 한번 추실까요?" 하며 이끄는 손을 애써 뿌리쳐야 하는 시간…… 사실 자취하던 시절이니 외박을 해도 뭐라 할 사람은 없었다. 다만 자신과의 싸움, 자신과의 약속이었을 뿐이다.

아줌마 시절에는 나만이 아니라 여러 사람들을 위해 살았다. 어머니, 아내, 며느리라는 직함 세 가지가 어디를 가도 따라붙기 때문이다. 아줌마는 푸근하고 넉넉해야 제맛이다. 내가 강의 중에 자주 하는 말이 있다.

"일생을 통해 좋은 것만 간직하며 사는 여자는 아름다운 거랍니다. 소녀의 순수, 숙녀의 절제, 아줌마의 포근함을 한 몸에 지닌 여자를 생각해보세요. 그런 여자가 정말 여자 중의 여자 아닐까요?"

그래서 순수만 가지고 있는 소녀보다, 절제만 빛나는 숙녀보다, 푸근함만 지닌 아줌마보다 그 모든 것을 한 몸에 다 간직할 수 있는 중년 이후의 여인이 더 아름다울 수 있다. 타샤 튜더처럼 말이다. 나도 그런 여자가 되어 늙어가고 싶은 것이다. ♟

내 안에 나 있다

카리스마 넘치는 눈동자, 나지막한 목소리, 빨아들일 것 같은 표정으로 사랑하는 여인에게 던진 한마디! 대한민국 모든 여성들을 전율에 떨게 만든 그 명대사!

"내 안에 너 있다."

작가가 머리를 쥐어짜고 쥐어짜서 만들어냈을 멋진 말이다. 그런데 현실 속에서 그렇게 멋진 대사를 애인에게 던질 수 있는 남자가 몇이나 될까? 누군가가 내게 해줘야 하는 말이므로 명대사 기다리다 세월 다 보낼 위험성도 있다. 그래서 나는 언제라도 스스로에게 선물할 수 있도록 그 대사를 약간 고쳤다.

'내 안에 나 있다.'

내 안에 내가 있는 건 당연하다. 그런데 사람들은 그 당연한 진리를 곧잘 잊고 산다. 내 안에 내가 있으므로 끊임없이 나와 동행할 수 있고, 수시로 속마음을 나눌 수 있고, 남의 눈 의식할 것 없이 마음껏 애무할 수 있다. 좀 '오바' 해서 추켜세워도 아부라고 흉볼 사람 없고, 좀 심하다 싶게 매정하게 질타해도 말릴 사람 없다. 오백 년 전 북인도의 바라나시 갠지스 강변에 살았던 인도의 시인 까비르는 "살아 있는 동안 손님을 맞이하라"라고 노래한다. 그 손님은 다름아닌 자기 자신이다.

너는 너 자신의 집 문 앞에 도착한
너 자신을 맞이하게 되리라
그리고 두 사람은
미소 지으며 서로를 맞아들일 것이다

카리브해의 섬나라 세인트루시아의 시인 데렉 월코드는 이미 끝난 사랑에 아파하는 스스로를 돌보는 지혜에 대해 이렇게 노래하고 있다.

음식을 대접하고 편히 쉬게 하라
그리고 춤을 추라

상처입은 자신을 대접하고 돌보고 어루만져야 할 사람이 바로 자기 자신임을 알라는 것이다.

2004년 MBC '사과나무' 라는 프로그램을 집에서 촬영하다가 뜻하지 않게 귀중한 보물을 발견했다. 34년 전의 흔적이 고스란히 남아 있는 노트 2장이었다. 빼곡히 적어내려가다 마음에 안 들어 두 줄로 쓱쓱 지우고 다시 고쳐 쓴 흔적까지 그대로였다.

1972년에 나는 여고 3학년이었다. 형제 많은 집안에서 여자가 대학에 간다는 것은 엄두도 못 내던 시절이었다. 나는 예비고사가 실시되기 전에 예산 땅을 뜨고 싶었다. 어려서부터 자존심이 남달리 강했던 18세 소녀는 취업할 경우 11월 1일부터는 결석처리를 안 한다는 교칙을 알고 있던 터라 10월 31일 서울행 마지막 열차에 올랐다.

당시 내가 취직한 곳은 전체 직원이 단 3명뿐인 학문사라는 출판사의 서울지사였다. 지사장, 영업사원, 경리가 직원의 전부였다. 친척오빠는 지사장, 나는 경리. 하루 온종일 걸려오는 전화가 열 통 미만이었던 그 회사에서 보내는 하루하루는 정말 도닦는 시간이었다. 자존심 강했던 내가 그나마 그곳에서 견딜 수 있었던 것은 스스로 대화하는 법을 알게 됐기 때문이다. 내가 방송녹화 중에 찾아낸 것이 바로 1973년 스스로에게 써준 편지였다.

지금 읽어보면 당연히 유치하지만, 스무 살 소녀의 당찬 꿈이 고스란히 배어 있는 듯해 내심 기특하고 뿌듯하기도 하다. 나이 오십의 여자가 스무 살 여자의 편지를 읽으며 짜릿한 전율을 느낀다.

생이란 무엇인가?

덕희야, 너는 지금 어느 자리에 와 있니? 원치 않은 상황은 너에게 인내와 가치를 배우게 하며 이렇게 지금 이 자리, 너를 생각할 수 있는 이 귀중한 시간에 담백한 마음으로 나는 너를 대해본다.

학창시절 이론과 낭만 속에서 빨리 사회인이 되고 싶은 충동을 가진 적도 있었고, 무언가 사회인이 되어 높은 이상 앞에 멋진 생을 추구하리라 꿈도 꾸었지. 그러나 현실은 초라한 모습으로 내게 다가왔고 넌 무척이나 고통스러워했었지.

다가온 생에 거부하지 않고 맞서 대응하는 넌,

- 너의 존재가치를 위하여 꼭 있어야 할 사람

- 작은 일에서도 보람을 찾는 사람

- 맡은 일에 최선을 다하는 적극적인 사람

- 어려움 앞에 굴복하지 않고 아름답게 승화할 수 있는 멋있는 사람

이 되었기에, 난 너를 진정 사랑하게 되었단다. 그래, 그런 거야. 누가 너의 가치를 평가해주겠니? 너 스스로 너의 스승이 되고 너의 격려자, 동반자가 되어야 한단다. 사회인으로서 첫만남인 이 직장에서 너의 존재가치를 멋지게 만들지 못한다면 넌 아무것도 할 수 없는 아이가 되는 거야.

하지만 덕희야, 나는 너를 믿는다.

처음 맞은 이 산이 생각보다 험준한 산이라 해도,

이길 수 있는 산

넘을 수 있는 산

견딜 수 있는 산이란 것을…….

너의 자존심을 위하여 너는 이 산을 지혜롭게 넘어 너를 사랑하는 나의 마음에 보답을 해다오. 그래야만 넌 진정한 사회인이 되는 거야. 어

떤 자리, 어떤 위치에서든 자랑스럽게 일하는 자에게만 더 높은 곳을 향한 길이 열리게 되는 거란다.

사랑한다. 덕희야, 노력하자.

지금은 볼품없는 잡석에 불과하다 해도 갈고 닦고 기름 치면 분명 다이아몬드가 될 수 있다는 마음으로 진실로 아름다운 빛으로 번뜩이게 될 그날을 위하여 최선을 다하자, 덕희야.

1973년 12월

자신에게 쓰는 편지

돈 많은 노인보다 세월 속에 농익은 취미를 가진 노인이 더 멋있다. 돈은 그야말로 돌고 도는 것이라 운이 맞고 기회가 닿으면 누구라도 모을 수 있는 것이지만, 그 사람의 눈길과 손짓에 함께 녹아 엉겨 있는 오랜 취미는 단시간에 얻을 수 없는 것이다. 인생의 깊이를 다 체득한 눈길과 손길로 붓, 다기, 카메라, 혹은 분재를 조용히 쓰다듬는 노인들보다 멋진 캐릭터가 또 있을까.

누구에게나 지나고 나면 아쉬운 것이 세월이기에, 나는 우리 아이들만이라도 훗날 후회할 일이 적어지기를 바라는 마음으로 잔소리를 한다.

"얘들아, 평생을 같이할 수 있는 취미를 지금부터 만들어라. 이것저것 취미를 바꾸다보면 죽을 때까지 초보짓만 하다 세월 다 보낸다. 무엇이든지 취미 하나를 정해두고 오래 즐기다보면 나이들어 모두들 부러워하는 멋진 노인이 될 수 있다."

다행히 나에게도 오랜 취미가 한 가지 있다. 다름아닌 '글쓰기' 다.

어려서부터 글쓰기를 워낙 좋아해 나름대로 오랜 세월을 투자하며 갈고 다듬었다. 지금도 마찬가지지만, 잘 쓰진 못해도 평생 무언가를 끊임없이 긁적이는 것을 좋아했다.

결정적으로 내가 글쓰기에 빠져들게 된 것은 여고 2학년 때 국어를 가르치시던 담임선생님 덕분이다. 조그만 체구에 유난히 정이 많았던 담임선생님을 우리는 '호빵선생님'이라 불렀다. 주제는 기억이 잘 안 나지만, 어느날인가 그 선생님이 작문 숙제를 내주셨다. 며칠 후 숙제로 제출한 내 글을 읽으신 선생님은 내 이름을 호명하며 칭찬을 해주셨다.

"우리 덕희가 제법 글을 잘 쓰네? 글재주가 있어. 이번에 충청남도 교육청 주최 글짓기대회가 있는데, 우리 덕희가 대표로 한번 나가보자."

그 대회에서 우수상인가를 받았던 것 같다. 가뜩이나 긁적이는 버릇이 있던 내가 얼마나 의기양양했을까. 그때부터 아예 글쓰기가 습관이 되었다. 지금도 매일 아침이면 글을 쓴다. 상자 속에 담아놓은 빛바랜 종이에 또렷하게 새겨진 볼펜자국, 금방 날아갈 것 같은 흐릿한 연필의 흔적도 내겐 너무나 소중한 보물이다. 질곡의 삶 속에서도 그대로 보존된 내 삶의 파편들…… 가끔 그놈들과 함께 떠나는 과거로의 여행은 또 얼마나 즐거운지!

유치하고 촌스러운 표현이 득시글하다. 혼자 읽어도 낯부끄러울 때가 많지만, 낡은 행간 속에서 빨간 볼을 빛내며 미소 짓고 있는 소녀를 훔쳐보는 맛 때문에 읽기를 그칠 수 없다. 그 안에는 18세 소녀가 풀 먹인 하얀 깃 교복을 입고 있는가 하면, 남편과 사랑의 밀어를 주고받는 순박한 새댁도 있다. 육아일기 속에는 여자로서 누릴 수 있었던 최고의 행복이 잔뜩 묻어난다.

얼마 전 아들의 오랜 친구가 10년 만에 우리집에 왔다. 아들이 중학생일 때 바로 옆집에 살던 아이인데, 대학원 석사논문 쓰다가 지쳐서 잠깐 머리도 식힐 겸 놀러왔단다. 나를 보자마자 "어머니! 뵙고 싶었습니다!" 하며 두 손을 꼭 잡는다.

"많이 힘들지? 석사 되는 길이 어디 그리 쉽겠니? 이 아줌마도 네 나이 때 답답하고 힘들 때가 많았어. 나는 그럴 때마다 나에게 편지를 썼단다. 힘들고 어려운 심정도 쓰고, 앞으로 더 잘하겠다는, 또 잘할 수 있다는 다짐도 쓰고…… 내가 나하고 하는 약속은 약발이 더 잘 받거든. 너도 30년쯤 지나면 아줌마 나이가 되겠지? 그때 네 자식에게 이런 말을 하며 보여줄 수 있는 증거가 있다면 얼마나 멋지겠니? 오늘 연구실로 돌아가면 너 자신에게 편지를 써보렴. 넌 잘 넘길 수 있을 거야. 원래 멋진 녀석이잖아."

돌아가는 길에 나를 꼬옥 포옹해준다. 180센티미터가 넘는 녀석이 166센티미터의 나를 덥석 안으니 그 넓은 가슴에 온몸이 쏙 들어간다. 그 아이가 가고 나서 아들에게 말했다.

"야, 그 녀석 잘 컸다."

그랬더니 아들이 하는 말.

"하여간 우리 엄마, 젊은 놈이 안아주니 한 방에 가시는구만."

단순하게 살 필요도 있다

그렇지 않아도 머리 아픈 인생길이다. 힘들고 어려울 때는 생각을 줄이는 것이 건강에 좋다. 그때 이럴 걸……저때 저럴 걸……. 이미 일어난 일에 '걸걸 도사'가 되면 안 된다. 일어난 일은 이미 과거일 뿐, 있는 그대로 받아들이는 것이 좋다. 머릿속에서 기와집 지었다 부쉈다, 이 궁리 저 궁리 잠도 못 자며 논문을 썼다 지웠다 해봤자 늪에서 빠져나갈 수 있는 것이 아니다. 궁할 때 쌓는 생각의 성은 부실공사가 될 위험이 높다.

자식교육 문제에 있어 내가 다른 어머니들에게 누누이 강조하는 것은 '부모의 욕심이 자식을 망친다'는 것이다. 자식도 큰 놈 따로, 작은 놈 따로다. 같은 뱃속에서 나왔는데도 아이들은 너무나 다르다. 그러니 지도하는 법도 달라야 한다. 즉, '맞춤형 코칭'를 해야 한다는 뜻이다.

우리집 아들딸 역시 달라도 너무 다르다. 하기야 서로 너무나 다른 어미, 아비를 사이좋게 나눠 닮아서 그런 것일 수도 있겠지만, 어쨌든 아들은 아비의 심성을 닮았고 딸아이는 내 성격을 꼭 빼닮았다. 나랑 딸아이는 하루만 붙어 있어도 곧잘 싸운다. 둘 다 자존심 강하고, 저만 잘났고, 지기 싫어하고, 성깔 있고……. 물론 예쁜 점도 많다. 상냥하고, 부지런하고, 싸가지 있고, 잘 웃고, 잘 울고, 쿨하고…….

아들의 경우에는 '좋은 것이 좋은 것'이라는 식으로 경쟁심을 줄이는 방식으로 키웠다. 아들이 다섯 살 때, 유치원에서 스케이트를 배우는데 한 번 넘어지더니 일어나지를 않는다. 안타까운 마음에 옆으로 뛰어가 "어서 일어나, 얼른!" 하며 채근했더니 아들 녀석이 하는 말.

"또 넘어질 걸 뭐하러 일어나요?"

참 속도 편한 아이였다. 그때부터는 나도 경쟁심을 버리고 아들을 속 편하게 길렀다. 본성을 뜯어고치려 들면 있던 재능도 죽는다. 그래서 아들에게 뭔가 고민스러워 보이는 일이 생겨도 나는 "걱정마라. 너는 태어날 때부터 복을 타고 난 놈이라 아마 일생을 편하게 살 거다. 복 많은 놈이야, 너는" 하며 안심시키는 것이 고작이었다.

그런데 딸아이는 달랐다. 어려서부터 승부욕이 강했던 딸아이는 더 분발할 수 있도록 수시로 자극을 주었다. 입사시험에 거듭 떨어져 잔뜩 예민해져 있는 모습을 보고 나는 "민아, 넌 할 수 있어. 다만 시기가 문제야. 버티기만 하면 돼. 하늘에서 이미 정해놓고도 시간을 좀 두고 너를 더 옹골지게 키우시는 거야. 까짓것 못 버틸 우리 딸이 아니지? 화이팅!" 하며 격려를 해주었다. 그런데 최종면접에서는 다 된 것처럼 말했다는데 역시 또 떨어졌다. 딸아이는 괴로워서 어쩔 줄 몰라했다.

"엄마, 도대체 이유를 모르겠어요. 이유가 뭘까? 떨어뜨릴 거면서 왜 그런 말을 했을까?"

"민아, 그냥 잊어라. 이러면 어떻고 저러면 어떠니. 이미 결론이 난 걸 가지고 그렇게 필름 돌려봤자 너한테 득될 거 하나도 없다. 다 무슨 이유가 있었겠지. 우리는 알 수 없는 무슨 변수가 말이야. 우리 쪽에서 그 이유를 꼭 알아야 할 필요가 있을까? 그거 알아 뭐해? 살다 보면 이해 안 가는 일이 수도 없이 많더라. 어려서는 나도 너처럼 속상한 일이 있을 때마다 마음속에서 기와집 지었다 부쉈다, 소설을 썼다 찢었다 하고 그랬지. 근데 이제 알 것 같아. 그럴 시간에 차라리 잠이나 한숨 늘어지게 자고 일어나 부족한 부분을 반성하고 채우는 게 훨씬 현명한 짓이라는 걸. 궁금하고 이해가 안 가는 일이 있어도 단순무식이 그저 최고더라."

남 때문에, 내 의지와 능력으로 어찌할 수 없는 외부의 그 무엇 때문에 내가 손해볼 일을 반복해야 할 이유는 없다. 남녀가 서로 미치도록 사랑하다 사랑의 약발이 다 떨어진 어느날, 돌변한 상대의 행동에 이유를 묻고 따지고 앙탈하는 이들이 있다.

"그때는 절대 변치 않겠다고 했잖아! 예전에 분명히 그랬잖아!"

예전 이야기를 지금 따져봐야 무슨 소용인가. 사람의 마음이 앞뒤 맥락 따져가며 합리적으로 굴러가는 것이 아닌데. 자신의 마음을 마음대로 조절할 수 있는 사람이 있다면 득도한 사람이다.

때론 원시인이 되어 사는 것도 나쁘지 않다. 당장 눈앞에 보이는 것에만 반응하며, 원시인처럼 먹고 자고 싸면서 생각을 다 버리는 것이다. 이미 떠난 애인 왜 떠났을까 고민하지 말고, 떨어진 시험 왜 자꾸 나만 떨어질까 괴로워하지 말자. 그렇게 단순하게 버티면서 괴로운 시간을 다 보내고 나서 다시 새로운 애인을 만들 궁리, 모자란 공부 보충할 궁리를 하자.

말은 내 운명

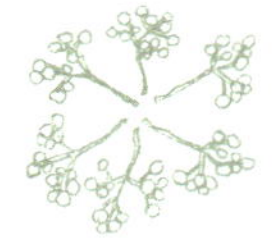

20여 년 전 가계가 어려워 봉천동에서 선물가게를 할 때였다. 가게를 하다 보면 목탁을 두드리며 시주를 청하는 스님들이 간혹 찾아온다. 하루는 어떤 노스님이 초라한 모습으로 들르셨기에 시주를 했더니 그 스님 왈 "보살님은 이런 가게 할 분이 아닌데요? 말이 청산유수라 반드시 말하는 직업을 가지게 될 거요. 나이 마흔 넘으면 말로 대성할 보살이시오." 하는 게 아닌가. 그때는 시주에 대한 덕담으로 알고 그냥 흘려들었다. 선물가게를 하며 근근이 하루하루 살아가는 아줌마에게 무슨 말하는 직업? 그런데 지금 생각해보면 그 스님의 예지력(?)이 정말 용하지 뭔가.

허스키한 듯하면서도 왠지 달떠 있는 듯한 내 목소리가 특이하다는 소리를 자주 듣는다. 내 강의가 다른 강의보다 인상적으로 연출되는 데는 그런 목소리의 영향도 클 것이다. 아이들이 아직 어리던 시절, 밥때가 되면 나는 동네에서 뛰어놀고 있는 아이들을 향해 "승필아~ 승민아

~” 하고 불렀다. 그러면 바로 위층에 사는 301호 아줌마가 “왜요, 엄마
~” 하며 약간의 비음을 섞어 내 목소리를 흉내내곤 했다.

어쩌다 택시를 타고 “방배동 카페골목 가는데요” 하고 말하면 기사
분이 뒤를 돌아보시며 “혹시 방송국에 근무하는 분 아니세요?”라고 묻
는 경우도 많다. 보험세일즈를 하던 시절에는 업무관계로 만난 분이
“그 목소리 가지고 다른 일을 하시지 그러세요? 강의를 하면 참 좋을
목소린데……” 하며 덕담을 해주기도 했다.

누가 뭐래도 나는 내 목소리를 너무나 사랑한다. 남말 하기 좋아하는
이들은 내 목소리가 이상하다느니 느끼하다느니 색기가 흐른다느니 하
지만, 만약 신체부위 중 한 군데에 특별보험을 들어야 한다면 나는 주
저없이 목소리에 들겠다. 사람의 목소리에도 표정이 있고 내력이 있다.
긴 세월 동안 숙성되고 발효된 내 목소리가 나는 자랑스럽다.

강단은 내게 있어 ‘움직이는 연구실’ 이다. 연구실에 앉아 책 보며 미
리 연구한 것이 아니라 현장에서 호응해주는 수강생들과 하나가 되어
열정적으로 떠들다보면 나도 모르게 튀어나오는 말들이 바로 내 강의
의 핵심이다. 때문에 정형화된 것이 아니라 현장의 분위기에 따라 그때
그때 달라지는 강의가 된다.

예를 들어 30~40대 전업주부(가정경영사)를 대상으로 강의를 할 때는
이런 식이다.

“아직도 남편에게 혀 짧은 소리로 ‘자기야~ 자기야~’ 하며 사는 여
자 있으면 손들어봐.”

그러면 앞에서 서너 줄 안에 앉아 있는 사람이 꼭 손을 든다. 이럴 때는 애드립이 좀 필요하다.

"손 내려! 이럴 때 손 드는 년 보면 우린 열받아. 어딜 가도 꼭 잡티가 껴요."

뒤에서도 여럿이 들 줄 알고 용기있게 손을 들었지만 사실은 혼자다. 뒤에 앉아 있는 사람들은 들까 말까 망설이다가 앞에서 손을 드는 사람이 별로 없는 걸 보고 가만히 있는다. 손을 들었던 수강생에게 다시 한 마디를 건넨다.

"자기야, 솔직히 말해봐. 오늘 여기 온 여자 5백 명 중에 자기가 제일 예쁘다고 생각해? 자기분석이 잘 되어야 사랑도 받는 거잖아. 어서 말해봐. 자기가 외모상 정말 예쁘다고 생각해?"

이럴 때 수강생의 답변은 다양하다. 답변에 따라 되받는 말도 그때그때 다르다. 대부분은 아니라며 손사래를 친다. 그러면 또 내가 던지는 애드립.

"똑똑한 년! 주제파악을 하는 년이 사랑받고 사는겨. 외모의 부족분을 애교로 커버한다 이거지? 그럼 잘하고 있는겨. 안 생겼으면 대안으로 예쁜짓이라도 해야 상품성이 있지. 안 생겨놓고 미운짓까지 하면 끝장인겨. 그야 외모도 되는데 예쁜 짓까지 하면 금상첨화고."

이쯤되면 수강생들이 깔깔대며 자지러진다. 주부대상 강의는 일단 재미있고 봐야 한다. 그렇지 않아도 고달픈 생활에 일부러 어려운 시간 내서 먼 길 찾아왔는데 골치 아픈 이야기만 잔뜩 듣다 가면 없던 스트레스도 쌓인다. 재미 속에서 교훈도 주고 감동도 줄 수 있어야 좋은 강의다.

강의를 하면서 웬 욕을 그렇게 하느냐고 욕하지들 마시라. 내 나이 오십을 넘기면서부터는 강의장에서 여자남자라는 말보다는 년놈을 더 많이 사용한다. 이유는 간단하다. 정신없이 떠들어야 할 때는 '예쁜 여자' 보다 '예쁜 년' 이 더 강하게 어필되면서 재미도 살리고 말맛도 살릴 수 있기 때문이다. 젊어서는 예쁜 말만 부러 골라 썼지만 나이 들어 자유로워진 것 중 하나가 바로 이런 점이다. 그나마 고마운 것이, 내 경우에는 입이 좀 걸어도 그리 천박해 보이지는 않는다는 게 중론이다. 모니터를 해보면 그렇게 대놓고 욕먹어서 기분 상했다는 사람은 거의 없다. 예기치 않아 당혹스럽기는 했지만 오히려 정감이 느껴진다는 것이다.

예컨대 나는 "그 남자가 그 남자예요"라고 말하기보다 "그놈이 그놈이여"라고 말하기를 즐겨한다. 무슨 치밀한 연구 끝에 만들어낸 스타일은 아니다. 나이들어 번잡스러운 예의와 관습으로부터 슬금슬금 자유로워지기 시작하던 어느 날 강의 중에 우연히 튀어나온 말들이다. 그런데 이거 봐라? 욕 한마디에 뒤집어지네? 이런 식으로 현장에서 반응을 보아가며 하나둘씩 습관처럼 익힌 말버릇들이다. 욕을 해도 욕먹는 사람이 기분좋게 웃어주니, 어쨌든 그것도 재주라면 재주다. 그나저나 스님 요즘 어디 계세요?

인생도 저축이 필요하다

같은 회사 위아래층에서 함께 근무하던 남자와 결혼하게 된 결정적 계기가 점(占) 때문이었다면 너무 한심한 이야기일까? 그런데 정말 그랬다.

기획실에 근무하는 말없는 서른세 살의 노총각이 토요일마다 선을 보러 다닌다는 소문이 회사에 파다했다. 먼저 결혼해 같은 집에서 살고 있는 일곱 살 아래 남동생 부부 보기에도 그렇고 해서 결혼에 목숨걸었던 남자…… 주말마다 선을 보고 다녀도 배필을 못 구한 이유는 딱 하나, 궁합이 안 맞아서란다.

그러다 우연한 기회에 그 총각 어머니가 내 생년월일로 궁합을 보셨단다. 점쟁이 왈 '찰떡궁합'이라나. 이 처자를 꼭 잡아 맺어주면 아들이 평생을 편하게 살 것이라는 말에 시어머니는 아무런 조건 없이 나를 며느리로 삼으셨다. 서울 변두리의 초라한 방 한 칸에 어머니까지 모시고 자취를 하던 시골처녀와 200평 저택에 살던 부잣집 총각은 그렇게 만났다. 많은 동생들을 다 책임질 여유가 없다며 각자 알아서 살아보라는 큰오빠의 말에 나는 초라한 자취방에서 함을 받을 수밖에 없었다.

남들처럼 부산떨며 예단을 갖고 올 형편이 안 되는 신부를 배려해 친구 하나 없이 죄지은 사람처럼 혼자서 함을 들고 왔던 남편……. 이후 30년 결혼생활에서 남편을 향한 불만이나 원망이 생길 때마다 그때 그 모습을 떠올리면 많은 것들이 용서가 되곤 했다. 따지고 보면 그때 남편이 나에게 인생저축을 썩 잘한 셈이다.

대학원 출신의 신랑과 고졸 신부, 200평 대갓집 신랑과 단칸방 자취생 신부…… 의사, 건축가, 음악가 등등 잘나가는 신랑 형제들과 공무원, 회사원 등 평범하기 짝이 없는 신부 형제들…… 세련되고 깔끔한 신랑측 서울 하객들과 버스 하나 대절해서 어기영차 올라온 신부측 시골 하객들……. 하나에서 열까지 모든 것이 대조적이던 그날의 결혼식 사진이 지금도 오래된 장롱 속에 고이 간직되어 있다.

남편이 계산에 밝은 남자였다면 절대 성사될 수 없는 결혼이었다. 시어머니가 궁합이 좋다고 하니 군소리 없이 무조건 따랐던 착한 남편이었다. 그렇게 순진해서일까. 남편은 어째 하는 일마다 되는 일이 없었다. 결국은 내가 떠밀리듯 사회로 나와야 했다. 이후로 28년 동안 남편 대신 내가 가정을 두 어깨에 짊어지고 살아야 했다. 그리고 이제는 결혼 당시 진 그 빚(?)을 다 갚고도 남아 내가 남편에게 인생저축을 한다. 뭐니뭐니해도 저축이 많아야 든든한 법, 다 늙어 내가 병석에라도 누우면 남편이 성심으로 병간호라도 해주겠지 싶은 마음이다.

강의할 때 나는 곧잘 이런 말을 한다.

"결혼생활은 적금이라고 보면 돼. 적금기간이 좀 긴 것 같아도 이자에 이자가 붙은 복리이자여. 한 20~25년 장기로 들어가는 적금이다 생각혀. 적금은 만기일 전에 깨면 본전도 못 건지는 거 다들 알지? 적금은 만기까지 버텨야 의미가 있는겨. 나 같은 경우 딱 22년 적금 부으니 이자에 이자가 붙어 나왔는데, 그 적금 들어둘 만하대. 자기들아, 내 말 무슨 말인지 잘 알았지? 눈 딱 감고 20년만 버텨봐. 나중에 만기 돌아와서 적금 타먹는 맛 정말 끝내줘. 이 언니 말 명심혀!"

그러면 누군가가 이렇게 항의할 때도 있다.

"30년을 살아도 그때나 지금이나 똑같은 남편은 대체 어찌된 거래요?"

그러면 나도 생각을 좀 해야 하니 말문을 닫고 잠깐 뜸을 들였다가 이렇게 답한다.

"팔자라 생각하고 살아. 그래도 언젠가 만기 돌아온다는 생각으로 마음 편히 살았으면 손해는 없는 거잖아. 그 정도도 감사한 일이지. 내 적금은 특히 만기가 더 느린가? 이렇게 속고 또 살아보는겨."

그러면 내 말에 다들 공감해주며 고개를 주억거린다. 너무 한 쪽이 기우는 결혼으로 내가 겪어야 했던 수많은 사연들 중에는 자칫 우리를 갈라서게 할 만한 일들도 많았지만, 그럴 때마다 가족해체가 아니라 더욱 끈끈한 결속력으로 똘똘 뭉쳐 지금껏 살아왔다.

이제 어느덧 장가갈 나이가 다 된 아들에게 가끔 우스갯소리로 내가 하는 말이 있다.

"난 다른 건 몰라도 네 신부 궁합은 꼭 봐야겠다. 궁합만으로 밀어붙인 네 할머니의 결단력과 선택이 얼마나 탁월했는지 네가 보면 알잖아? 점쟁이가 그랬다잖아. 이 처자랑 결혼시키면 당신 아들 평생 속 편히 산다고. 생각해봐라. 느이 아버지처럼 말년에 편하게 사는 팔자가 또 어딨니? 그래서 나도 궁합은 꼭 보려고. 우리집이 확실한 증거인데, 안 그러니?"

어쩌다 맞은 궁합이라 해도 남편과 내 궁합은 그야말로 찰떡궁합을 넘어 본드궁합이다. ♟

자녀교육은 전략적으로

내 배를 빌어 이 세상에 나온 사람은 단 둘이다. 내가 이 세상을 떠나도 남을 나의 분신, 아들과 딸이다. 내가 없어도 서로 의지하고 서로 사랑하며 이 세상을 살아갈 사람들이다. 부모 마음이 다 마찬가지겠지만 내가 죽고 없어도 우리 남매는 끈적끈적하게 뭉쳐 살았으면 좋겠다. 요즘 나의 가장 큰 소망이다.

돈이란 주는 것도 많지만 빼앗아가는 것도 많다. 돈 많은 집 자식들일수록 부모 장례식장에서 서로 얼굴 붉히고 언성을 높이는 경우가 많다. 돈 많은 집 부모라면 돈 관리도, 유산처리도 합리적으로 깔끔히 해두고 죽는 게 좋다. 평소 속마음이야 어떻든 부모가 자식들에게 매사 공평하고 평등하게 대하면 부모가 사망했을 때 결국 이권다툼이 생길 수밖에 없다. 구심점도 규칙도 없어지기 때문이다. 그래서 각자 입장이 생기고 계산법이 달라진다.

현대 정주영 회장가의 사례를 보자. 맏형 정주영은 소 팔아 상경해

자수성가했다. 그래서 동생 일곱을 먹이고 가르쳐 가족의 중심이 되었다. 그래서 동생들은 매사에 형을 중심으로 뭉치고 형의 말에 순종하는 질서를 세웠다. 형제가 많고 가난한 집일수록 어려운 형편에 맏이가 돈을 벌어 동생들 뒷바라지해준 집은 형제애가 공고하다. 그에 비해 부모가 넉넉하여 아이들 뒷바라지를 다 해주면 부모가 없을 때 형제들은 남보다 못한 경쟁상대가 되기 쉽다.

특히 요즘처럼 엄마들이 아이들 스케줄까지 분 단위로 타이트하게 관리하는 세태 속에서는 고만고만한 형제, 남매, 자매들끼리 저희들만의 추억이나 사연들을 만들어가는 게 여간해서 쉽지 않다. 그렇게 자란 아이들 사이에서는 속깊은 우애보다는 경쟁의식이 싹트기 쉽다. 그저 친구들보다 좀 더 자주 보고 한 집에서 잔다는 것 외에 서로 무슨 큰 의미가 있을까.

핵가족 시대일수록 부모의 전략적 사고로 아이들의 우애를 키워줘야 한다. 맏이가 동생들에게 베풀 수 있도록 자꾸 기회를 만들어주고 역사를 만들어줘야 한다. 우리집 앨범에는 남매가 함께 정답게 찍은 사진이 유난히 많다. 뽀뽀하는 장면, 껴안고 있는 장면, 함박웃음을 머금고 서로 장난치는 장면, 심지어 서로 아옹다옹 다투는 장면까지. 내가 사진 찍기를 좋아했기 때문에 원체 사진이 많이 남은 것도 있지만, 아이들이 어렸을 때부터 엄마가 사회생활을 시작한 탓에 나는 늘 두 살 위인 오빠가 동생을 챙기도록 했다. 엄마가 일나가고 없는 깜깜한 지하방에서도 서로 든든히 의지할 수 있도록 오빠에게는 책임감을, 동생에게는 순응을 가르쳤다. 그렇게 저희들끼리 함께한 시간이 많다보니 남매들 사이에 사연도 많고 추억도 많다.

20년 전, 그러니까 아들이 9살, 딸이 7살이 되던 해의 더운 여름날이었다. 서초동에 사시던 할머니가 저녁을 먹으러 오라며 아이들만 있는 집으로 전화를 하셨다. 당시 우리집은 대치동. 오빠는 어린 동생 손을 잡고 버스 타러 가는 길에 아이스크림이 너무 먹고 싶더란다. 아이스크림은 먹고 싶은데 돈은 버스비로 쓸 100원밖에 없으니 문제였다. 그래서 오빠가 동생을 꼬드겼다.

"민아, 우리 버스비 100원으로 50원짜리 아이스크림 하나씩 사먹고 할머니집까지 걸어갈까?"

그 어린 계집애가 싫다고 했을 리가 없다. 남매가 좋아라 하며 아이스크림을 빨며 걷는데, 어찌된 게 걸어도 걸어도 할머니네 동네가 안 보이는 것이다. 더운 날씨에 땀은 뻘뻘 나고, 아이스크림을 먹었으니 갈증은 나고, 마냥 걷다보니 사위는 어두워지고…… 겁먹은 동생이 훌쩍훌쩍 우니 덩달아 겁이 난 오빠는 그래도 오빠랍시고 동생에게 "민아, 다 왔어. 걱정마. 조금만 참아. 오빠가 있잖아, 울지마." 하며 동생의 손을 꼭 잡고 끝내 할머니집을 찾아갔단다. 엄마 된 입장에서는 가슴 한켠이 짠한 사연이지만, 남들에게 들려주면 동화 같은 이야기라고 다들 재미있어한다.

봉천동에서 선물가게를 할 때는 가족외식이라도 할라치면 가게 문 닫는 시간이 너무 늦어 언제나 남매가 봉천동으로 와야 했다. 그 어린 것들이 손을 꼭 잡고 버스 타고 지하철 타고 서로 의지하며 엄마를 찾아오던 생각을 하면 다 커서도 왜 각별하지 않겠나 싶다. 우리집에서는 아이들이 다 커서 대학에 다닐 무렵에도 아르바이트를 하던 아들이 동생에게 용돈을 주게 했다. 아들이 첫월급을 받아도 그렇게 시킬 것이다.

우리 아이들은 성인이 된 지금에도 마치 연인들처럼 살갑고 가깝게 지낸다. 다른 집의 경우에는 다 큰 남매가 그러기는 쉽지 않다고들 하는데, 우리 아이들은 시장도 함께 보러 다니고 옷을 살 때도 남매가 함께 동대문시장에 간다. 밤마다 하는 강아지 산책에도 둘이 꼭 같이 나간다. 이런 모습을 보면 아무래도 형제지간은 수평적 관계보다 수직적 관계가 좋은 것 같다. 👤

마흔 아홉의 반란

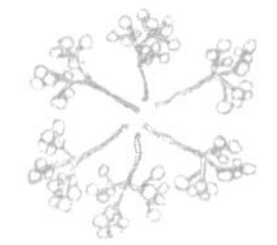

앞에서도 언급한 바 있지만, 나의 제1대 매니저는 운동선수 출신이다. 그녀와 나는 띠동갑, 12살 차이다. 얼마 전 오랜만에 만났더니 웬일인지 눈가에 수심이 가득하다. 남편과의 작고 큰 갈등, 아이들 기르고 가르치며 맞닥뜨리는 사건사고들, 숍 운영하며 겪는 어려움들…… 다 듣지 않아도 내가 40대에 겪었던 인생의 험난한 과정이 한눈에 보인다.

"교수님, 요즘은 이런 게 사는 건가 싶어 너무나 외롭고 허망해요. 친구들과 어울려 수다떠는 것도, 맥주 한잔 하는 것도 별 재미가 없네요. 일 끝나면 망가지지 않으려 그냥 혼자 고독을 잘근잘근 씹으면서 저녁 시간을 견뎌요."

나와 일할 때는 노상 내가 단순무식하다 해서 '단무지'라고 놀려대는 매니저였다. 생각은 단순하게, 행동은 빠르게 하며 살던 그녀의 입에서 나오는 말이 요즘에는 굉장히 철학적이다. 살면서 누군가의 변화를 가까이서 지켜보는 것은 행복한 경험이기도 하고 서글픈 경험이기도 하다. 지금까지 나와 함께 일했던 매니저가 모두 네 사람, 그들 모두가 나를 만나 좋은 쪽으로만 변한 것은 아니다. 그들의 젊은 시절에 내가 어떤 식으로든 영향을 주었겠지만, 모든 변화의 방향을 결정하는 것은 결국 자기 자신들이다.

내가 유독 그녀를 더 많이 사랑하는 이유 중 하나는 하루가 다르게 성숙해가는 삶의 자세 때문이다. 그것도 내가 자신의 삶에 많은 영향을 준 덕분이라며 공치사도 잊지 않는다.

"교수님이 40대 때 왜 저렇게 외로워하실까 솔직히 속으로는 이해가 안 갔어요. 너무나 고독해 보이시는 게 안쓰러워 클럽에라도 가자고 하면 '거기 가서 뭐하게? 그런다고 고독이 없어지니? 됐네, 이 사람아. 집에 가서 혼자 허벅지 꼬집으며 잘근잘근 고독이나 씹을겨' 하셨지요. 근데 지금 제 심정이 딱 그렇네요."

나이 오십이 넘으니 이제는 매사에 수월해져서 그렇게 깊게 생각하지도, 웬만한 일에는 외롭거나 슬퍼하지도 않는다. 그러나 내가 겪어본 바로도 여성들에게 40대는 위기의 시기다. 그때는 왜 그렇게 슬펐는지 툭하면 눈물보가 터져 남에게 보이지 않으려 하늘만 보며 살았다. 그 아픔을 삭이려고 만들어본 나의 인생이야기 〈이혼하지 않는 여자〉라는 모노드라마는 일종의 반란이었다.

마흔아홉, 40대를 마무리 지으며 던지는 삶의 반란…… 그 연극을 하면서 그동안 쌓인 한을 무대 위에서 다 쏟아내었다. 그 덕분인지 몰라도 오십 줄에 들어서니 한도 원망도 슬픔도 한결 덜하다. 영혼은 조금 더 맑아진 기분이고 세상은 조금 더 아름다워진 느낌이다.

그 연극을 올리느라 사비가 1억 원이나 들어갔지만 지금도 후회는 하지 않는다. 어차피 내 인생에서 씻김굿 한판은 언제 해도 했어야 했다. 당시에는 정말 남편이 싫었다. 그 엄청난 삶의 고통을 하나도 막아주지 못한 무능한 남편, 의지하고 싶어 선택한 결혼이었지만 결국 짐만 잔뜩 지워준 결혼……

엄마, 아내, 며느리, 게다가 가장의 역할까지 해야 했으니 지칠 수밖에. 가계의 불안에 서로에 대한 인간적 불신까지 겹쳐 부부사이는 깨지기 일보직전까지 치달았다. 워낙에 보수적인 여자라 이혼을 생각해본 적은 없지만, 밤이면 밤마다 고독과 외로움에 지쳐 혼자 울었다. 그야말로 하루하루를 몸부림쳐가며 겨우 버텨나간 세월이었다.

"제발, 제발 내 몸에 손대지 말아요. 벌레가 스멀스멀 기어오르는 것 같아. 아, 너무나 힘들어 참을 수가 없어요. 어쩌면 좋아? 어떻게 해요? 싫어요, 정말 정말 싫어요. 나 좀 내버려둬요. 이봐요, 여보. 제 부탁 좀 들어줘요. 다른 봉사는 다 할 수 있지만 몸 봉사만은 못 하겠어요."

〈이혼하지 않는 여자〉의 대사 중 한 대목이다. 물론 연극적 과장이 섞인 것이긴 하지만 정말 그때의 내 심정이 그와 비슷했던 건 사실이다. 그만큼 나의 40대는 위기의 시기였다. 물론 지금은 담담히 미소 지으며 '아, 그때는 그랬었지' 하는 여유가 생겼지만.

내가 걸어왔던 길을 똑같이 걷고 있을 인생후배들에게 〈이혼하지 않는 여자〉의 마지막 대사를 들려주고 싶다. 누구에게든 인생에서 씻김굿 한 판은 필요한 법이니까.

이혼하지 않는 여자

우리 이제 징검다리에 다다랐습니다.

열 두 개의 크고 작은 바윗돌이 놓여 있더군요.

비바람 부는 날 셀 수 없이 들이닥칩니다.

이 돌에서 저 돌로 옮길 때마다 내 등 위에 와 쌓입니다.

그 속에 그가 늙어가고 아이들은 자랐습니다.

역풍에 큰비까지 퍼붓던 날도 등 뒤를 누르는 무게가 실려 겨우 버텼습니다.

어느새, 저도 모르는 사이 여덟 번째 돌 위에 서 있군요.

돌 뿌리가 약한지 흔들립니다.

조금만 등 뒤의 무게를 덜어내면 쉽지 않을까 하다 그만둡니다.

뒤돌아보면 일곱 개의 바윗돌, 그 지난 세월을 함께 울고 웃으면서 지나왔기에 쉽사리 내려놓기 두렵습니다.

허나 눈치도 없이 다리는 후들거립니다.

내려놓으라, 내려놓으라, 홀가분하게 건너가라.

난 고개를 젓습니다.

그 세월과 함께 살아온 나를 부정하는 일이니까 말입니다.

그리고,

돌부리에서 내려옵니다.

바지도 걷지 않고 맨발로 물살 위를 걸어봅니다.

오히려 전보다 흔들리지 않습니다.

지금은 물결이 잔잔하고요.

아직은 괜찮습니다.

아직은

아직은 말입니다. 

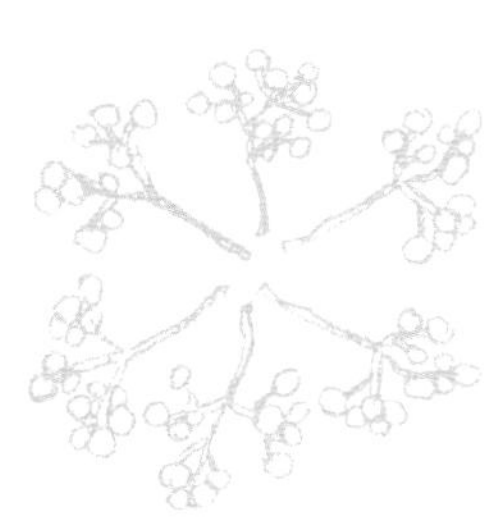

아름다운 사람들

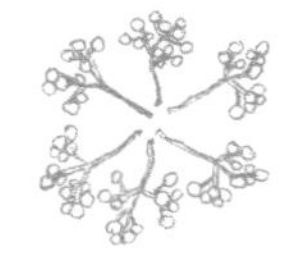

지난해 추석을 앞두고 모 리조트업체의 회장 비서실에서 전화가 걸려왔다.

"회장님께서 이번 명절에 정교수님 편히 쉬실 수 있도록 챙겨드리라고 하시네요."

매년 명절 때만 되면 지인들과 신나게 선물 주고받으며 축제 분위기를 혼자 다 내던 여자가 갑자기 강아지들만 끌어안고 조용히 집 안에 틀어박혀 있을 때였다. 그래서 더 그랬을까, 전화를 받고 울컥 목구멍으로 무언가가 치밀어 오른다. 눈물도 흐른다. 그저 고향 가서 조용히 며칠 쉬고 싶었다. 어려울 때면 더욱 그리워지는 우리 엄마…… 이제는 보고 싶어도 볼 수 없지만 그래도 부모님이 잠들어 계신 선산에라도 가면 적잖은 위로가 될 것 같았다.

예전 같으면 좀 쉬고 싶을 때 내가 먼저 "회장님, 방 좀 빼줘요~" 했을 일이다. 내 처지가 처지다보니 그런 말씀을 드리기도 어려워 부탁할 엄두도 못 내고 있을 때였다. 내심 원했던 바라 얼마나 고맙던지 얼른 전화를 드렸다.

"회장님, 눈물이 다 나네요. 감동이에요, 왕감동! 제가 먼저 전화하고 싶었는데 참았어요. 회장님! 앞으로 일편단심 충성! 고마워요, 정말 고마워요."

일가족이 리조트에 도착하니 한밤중이다. 회장님의 배려만큼이나 방의 평수도 큼지막하다. 그런데 내 소식을 듣고 우리 형제들이 깜짝 이벤트를 준비했다. 추석 열흘 전이 남편의 환갑이었는데 상황이 상황인 만큼 그냥 조용히 보냈다. 그래서 나를 위로도 할 겸, 우리 남편 환갑잔치도 할 겸 친정의 여덟 남매가 모두 부부동반으로 리조트로 쳐들어온 것이다. 우리 가족까지 합쳐 무려 20명이 모이니 아닌 게 아니라 순식간에 시끌벅적 잔치집이 되어버렸다.

사람으로 인해 상처도 받지만 사람으로 치유가 되는, 그래서 세상은 여전히 살 만한 곳이고, 이런 분들 덕분에 나 정덕희도 죽지 않고 여전히 살아 있다. 빈말이 아니라, 고난의 강을 건널 때마다 따뜻한 손 내밀어주는 고마운 분들에게 죽을 때까지 충성하며 살겠다. 그리고 나 또한 그렇게 속깊은 마음으로 누군가를 보듬고 다독이며 살아가겠다. 👤

마지막 순간에
간절히 원하는 것

생의 마지막 순간에 간절히 원하게 될 것, 그것을 지금 하라.

마지막으로 바다를 본 것이 언제였던가?

아침의 냄새를 맡아 본 것은 언제였는가?

아이의 머리를 만져 본 적은? 정말로 맛있는 음식을 맛보고 즐긴 것
은?

맨발로 풀밭을 걸어 본 것은?

파란 하늘을 본 것은 또 언제였는가?

많은 사람들이 바다 가까이 살지만 바다를 볼 시간이 없다.

죽음을 앞둔 사람들은 한 번만 더 별을 보고 싶다고, 바다를 보고 싶
다고 말한다.

삶의 마지막 순간에 바다와 하늘과 별 또는 사랑하는 사람들을

한 번만 더 볼 수 있게 해 달라고 기도하지 말라.

지금 그들을 보러 가자.

마지막 순간에 간절히 원하게 될 것, 그것을 지금 하라.

25개국의 독자를 감동시킨 호스피스 운동의 선구자 엘리자베스 퀴블러 로스의 『인생 수업』이란 책은 읽는 내내 많은 감동을 주었다. 생의 마지막 순간에 간절히 원하게 될 것, 그것을 지금 하라…… 많은 생각을 하게 해주는 말이다.

지금은 내일의 어제다. 지금과 지금이 이어져 소녀가 숙녀로, 아줌마가 할머니 되어 한 여자의 일생이 완성된다. 지금은 한 번밖에 올 수 없는 최고의 순간이다. 그때그때를 즐기며 후회하지 않는 매순간을 살아야 한다.

아이들이 어렸을 때는 깜깜한 지하방에서 촛불을 켜놓고 성대모사까지 해가며 리얼하게 구연동화를 들려주곤 했다. 그러나 그때의 젊은 어미와 어린 자식들은 지금 그 어디에도 없다. 이제 나는 돋보기를 안 쓰면 잔글씨를 읽지도 못하고, 휴대폰 문자가 와도 아이들에게 읽어달라 부탁을 할 때가 점점 잦아진다.

어미 곁을 떠나지 않으려 치마꼬리 붙들고 졸졸 따라다니던 자식들은 없고, 이제는 외롭다며 자식들에게 곁에 있으라 늙은 말로 보채는 어미만 있다. 생선 가시 발라주며 행여 잔가시라도 목에 걸릴까 노심초사하던 어미는 없고, 눈이 어두워진 어미 대신 잔가시 바른 생선토막을 밥그릇에 얹어주는 자식들만 있다.

이거 하지 마라 저거 하지 마라 아이들에게 잔소리 퍼붓던 어미는 없고, 어미에게 이거 하지 마라 저거 하지 마라 잔소리하는 자식들만 있다.

아이들 유치원 소풍가는 날 김밥 싸서 뒤따르던 일도 이제는 할 수 없고, 유치원 재롱잔치, 생일잔치의 깜찍한 풍경도 추억의 액자 속에만 걸려 있다. 수능시험에 임하는 자식 실수하지 않게 해달라며 드리는 기도도, 행여 부담될까 부드러운 재료들로만 정성껏 싸주는 도시락 이벤트도 이제는 할 수 없다.

아들이 첫직장에 입사하여 연수원으로 오리엔테이션을 떠나던 날 아침, 일찍 일어나야 한다며 5분 간격으로 알람을 걸어놓고 겨우 일어난 아들은 글쓰는 어미 방해하지 않으려고 살금살금 걷다가 밥도 안 먹고 나가려 한다.

"아들! 첫출근하는 자식 밥 차려줄 수 있는 금쪽같은 기회를 지금 포기하라고 하는 거야? 첫출근은 인생에 단 한 번 있는 건데, 이 어미더러 나중에 '그때 그럴 걸' 하고 후회나 하라는 거야?"

정성스레 밥상을 차려주니 아들이 식탁에 앉으며 하는 말.

"어머니, 회사에는 입사식이란 게 있어요. 연수 마지막날 부모님을 초청하는 건데…… 그나저나 어쩌지요? 어머니가 그때 오시면 제가 정덕희 아들이란 것이 들통날 텐데…… 에이, 하지만 뭐 어때요. 그동안 잘 길러주셔서 감사하다고 인사하는 신고식에 어머니가 빠질 수야 없죠. 그죠?"

딸아이 대학 졸업식에는 갔었지만 아들 졸업식에는 초등학교 이후로

가본 적이 없다. 초등학교 이후로 아들녀석의 졸업식 사진에는 어미가 한 번도 등장하지 않는다. 그 사진들을 볼 때마다 미안함과 아쉬움이 말도 못한다. 듣기에도 생소한 입사식이지만, 이렇게 훌륭하게 키워 당당한 사회인이 되게 해주신 부모님에게 감사드리는 자리라며, 조별로 장기자랑까지 하니 재미있을 것이라며 너스레를 떠는데 요점은 어미가 와줬으면 한다는 뜻이다.

그동안 우리 아들은 정덕희의 아들임을 가급적 숨기며 살았다. 아들이 대학 2학년 때 아르바이트로 음식점 주차요원을 한 적이 있다. 음식점 사람들은 아들이 방학기간 동안 학비를 벌어야만 학교를 다닐 수 있는 고학생인 줄 알았단다. 그러던 중 한번은 우리 가족이 함께 토크쇼에 나갈 일이 생겼는데, 그 프로그램을 그 음식점 주방장이 보게 되었다는 것이다. 다음날 다짜고짜 주방장이 취조하듯 하는 말.

"너, 정덕희 아들이지?"

그날로 아들은 그 음식점에 정중히 인사드리고 아르바이트를 그만뒀다. 유명한 부모를 둔 자식은 후광의 덕도 보겠지만 불편한 점도 참 많다. 우리 아이들은 '누구 자식'이라는 호칭보다 그냥 이승필, 이승민으로 불리기를 원한다. 그런데 그런 아들이 이번에는 제 어미를 초대한 것이다. 아들이 연수원으로 떠나자마자 나는 매니저에게 전화해 이미 잡힌 일정을 조정했다.

내 생애 단 한 번뿐인 아들의 입사신고식 날. 18년의 학교생활을 접고 이제 당당한 사회인이 되었다며 감사의 인사를 할 때 마냥 행복해할 나를 생각하며 가슴이 설렜다.

　지난날 못 하고 미뤄두었던 것들을 지금은 더더욱 할 수 없다. 조금은 번거롭고 귀찮아도, 조금은 어색하고 부끄러워도, 당장 하고 싶은 일이 있다면 기꺼이 즐기며 사는 게 좋겠다. 👤

그럼에도
행복하소서

하지만 지금은 많이 못 배운 콤플렉스가 지금 나를 있게 한 게 아닌가 싶다.
역시 부족분은 발전의 원동력이다.

난 콤플렉스가 많은 사람이다.
지금이야 누구나 날 보고 외향적인 성격이라고 하지만
애초에는 잘 나서지 않는 지극히 내성적인 사람이었다.
형제 많은 집안에서 태어나 많이 못 배운 것도 콤플렉스였다.
하지만 지금은 많이 못 배운 콤플렉스가 지금의 나를 있게 한 게 아닌가 싶다.
역시 부족분은 발전의 원동력이다.

Chapter 6

콤플렉스도 경쟁력이다

빗나간 마녀사냥

여느 때처럼 평온했던 어느 날 아침, 늦은 아침을 먹고 딸아이와 말장난을 하며 낄낄대고 있으려니 문득 울리는 전화벨 소리가 왠지 불길하게 들린다.

평소 알고 지내던 언론사 기자의 전화였다. 그는 다소 흥분한 목소리로 내게 이것저것을 꼬치꼬치 물었다. 그때까지만 하더라도 나는 학력 위조니 뭐니 하던 문제들이 나랑은 전혀 상관없는 일로만 생각하고 별스럽지 않게 여겼다.

"학교로 알아보시죠? 제가 대학을 안 다닌 건 세상사람들이 다 아는데요?"

그리고 다음날 그 기자가 다시 전화를 걸어와 사과를 했다.

"죄송합니다. 누군가가 제보를 해서 알아봤더니 선생님은 거짓이 없네요. 걱정하지 마세요. 제보가 있다고 다 기사화하는 것은 아니니까요. 공연한 음해는 아닌지 저희도 좀 더 자세히 알아보고 신중하게 보도해야지요."

머칠 전 강의를 위해 옥천으로 가는 차 안에서 문제의 시사주간지 기자의 전화를 받았었다. 나는 학력에 대해 거짓말을 한 적이 없으니 확인을 해보라는 내 말에 담당기자는 확인해보고 세 시간 후 다시 전화를 해주기로 했다. 그런데 그날 내내 그 기자로부터 전화는 다시 없었다. 확인해보니 별 게 없어 그냥 넘어갔나보다 싶어 무심히 생각했다.

8월 13일 월요일, 그 시사주간지는 특종이라며 커버스토리로 내 기사를 내보냈다. 기존의 기자들이 편집권 침해 문제로 한꺼번에 퇴사를 하는 등 오랜 전통의 잡지 위상이 벼랑 끝까지 몰린 상황이라 뭔가 큰 건을 하나 터뜨려야겠다고 작정을 한 모양이었다.

그날은 정말 제정신이 아니었다. 그 기사가 공개되는 즉시 인터넷으로 순식간에 일파만파 퍼져 나가고, 정확히 그 시간부터 '정덕희=죽일년'이 된 것이다. 전신에 감각이 없어지면서 정신은 공황상태에 빠져버렸다. 시간이 좀 지나 그 잡지의 국장에게 전화를 걸었다.

"사실확인도 제대로 하지 않고 그런 식으로 막 보도해도 되는 겁니까? 제가 기자에게 분명히 말했어요. 확실히 알아보고 기사 쓰라고. 담당기자 좀 바꿔주세요."

담당기자라는 사람과 처음 차 안에서 전화통화를 할 때부터 왠지 대화가 매끄럽게 진행되지 않는 느낌이었는데 아니나 다를까 그 사람은 스물여섯 살의 인턴기자였다. 애초부터 내 해명을 듣거나 사실확인을 하려 전화를 했던 것이 아니라 기사를 다 써놓고 아무래도 면피용, 명

분용으로 한 전화였던 모양이다.

나의 항의에 편집국장은 마치 자기네 매체와는 전혀 관련이 없는 남의 일인 양 말했다. 불만이 있으면 서면으로 띄우라고, 그러면 다음 주에 실어주겠다고. 그래서 내가 인터넷기사만이라도 먼저 삭제해줄 수 없느냐고 물었더니 그럴 수 없다며 냉정히 잘라 말했다. 법에도 가처분신청이라는 것이 있는데, 분명히 반론이 있고 당사자가 사실확인이 잘못되었다고 주장하고 있는 상황에서 한 사람의 사회적 생명을 일방적으로 끝장내놓고 일 주일 후에 보자니 다만 기가 막힐 따름이었다. 공인들이 간혹 말하던 '언론사의 횡포' 라는 것이 너무도 절실하게 체감되는 순간이었다.

억울하지 않느냐며 명예훼손 소송을 진행하라고 충고하시는 분도 있었다. 그러나 아무리 유명인이라 해도 개인이 언론사와 싸워 이길 확률이 희박한데다 지루하게 피말리는 소모전이 되기 십상이라는 또 다른 지인들의 충고도 있었다. 그래서 나는 진실은 언젠가 승리한다는 확신으로 그쪽에 쏟을 에너지와 정열을 다른 생산적인 일에 쏟으며 지금까지도 그 문제에 대해서라면 조용히 대처하고 있는 형편이다.

그 같은 일을 당하고서도 나는 정확히 30시간 만에 마음의 평정을 되찾았다. 진하게, 강하게, 짧게, 그리고 버린다는 나만의 처세술 덕분이다. 그리고 진실과 진심을 알아주는 지인들의 위로와 격려 덕분이다.

물론 처음 하루이틀은 정말 미칠 것처럼 고통스러웠다. 분위기와 여론이 예상했던 것과는 다르게 돌아가자 기사를 쓴 쪽에서 오히려 독이 잔뜩 올랐다. 본인들은 특종이라고 수선을 떨었는데 동조하는 사람들이 별로 없으니 열적은 데다 힘이 어지간히 빠지기도 했을 것이다. 아무리 그래도 그렇지, 내가 무슨 그토록 대단한 인물이라고 3주 동안이나 내 학력 문제를 물고 늘어진단 말인가. 필경 화살이 자신들에게 돌아오는 기미가 보이자 자존심 때문에 그러는 것이었다. 그나마 3주째에는 예고만 해놓고서 발간일까지 하루 늦추더니 정작 나에 대한 기사는 아예 빼버렸다.

아무리 이해하려 해도 코흘리개들이나 할 짓이지 정상적인 언론매체가 할 짓은 아니었다. 편집권 훼손 문제로 기자들이 모두 빠져나간 후 급하게 기자들을 충원한 그 잡지를 두고 세간에서는 제호 앞에 '짝퉁–'이라는 말을 붙이기도 하던데, 솔직히 그때는 나도 절로 '짝퉁언론'이라는 소리가 나올 지경이었다. 그 후로도 그들은 내가 사람을 사서 인터넷에 동정적인 리플을 달게 했다는 등 해당 잡지사에 항의전화를 걸게 했다는 등 온갖 말도 안 되는 소리를 해댔다.

어차피 내려가면 다시 올라가고, 올라가면 다시 내려가기도 해야 하는 인생, 그래도 한 시절 과분한 사랑을 받아본 나는 세상에 그저 감사할 뿐이다. 그러나 그런 유치하고 터무니없는 방식으로 끌려 내려가고 싶지는 않다.

예산에서 여고를 졸업하고 상경해서 직장생활을 시작했고, 직장동료와 결혼을 했다. 집안이 기울어 두 아이의 엄마로서 사회생활을 시작했고, 그저 살아남으려고 열심히 살다보니 좋은 인연도 만나게 되고 하늘도 도와주신 덕에 오늘날 송구스럽지만 '교수'라는 직함을 얻어 강의를 업으로 살고 있다.

대학이라는 학벌이 그토록 내 인생에서 중요했던가? 나를 사랑해주는 사람들을 기만하면서까지 그깟 학벌 한 줄이 꼭 필요한 인생을 살아왔나? 지금 이 순간에도 스스로에게 묻고 또 묻는다.

아아, 사랑하는 가족들……

사고 첫날 여기저기에서 수도없이 걸려오는 확인전화…… 신문사, 방송국, 잡지사, 지인들……. 첫날 기사가 나가고 경황이 하나도 없는 중에 내가 소속되어 있는 명지대학교 사회교육원 팀장님으로부터 전화가 왔다.

"침착하게 대응하세요. 증거가 있는데요, 뭘. 학교에 내신 이력서에도 거짓 하나 없어요. 그리고 경인여대에서 몇 시간 시간강사였을 뿐이라는 주장에도 반박할 증거서류가 있어요. 97년도 이력서 내실 때 서류 중 경인여대에서 발급한 강의시간 확인서에는 분명히 '주 6~8시간 4학기에 겸임' 이라고 쓰여 있는 걸요. 지금 팩스로 서류를 보내드릴 테니 증거로 공개하세요. 너무 속상해하지 마시고, 뭐라도 챙겨 드시면서 싸우세요."

그 말을 듣는데 눈물이 왈칵 쏟아졌다. 경인여대에서 처음 강의 의뢰가 왔을 때, 그리고 차츰 방송가에 알려지면서 명지대학교에서 스카우

트 제의가 왔을 때, 관계자분들과 처음 만난 자리에서 내가 가장 먼저 꺼낸 말은 "저는 대학을 다니지 않았습니다. 때문에 교수 자격이 없습니다."였다. 그래서 명지대학교 측에서 배려해주신다는 의미로 사회교육원에 적을 두자고 제안했던 것이다. 강의하는 사람으로 대학간판을 쓸 수 있도록 말이다.

당연히 우리 가족들도 초비상이었다. 그날 우리 아들이 문득 생각났다는 듯 딸아이에게 외친다.

"MBC '사과나무' 테이프 좀 틀어봐. 거기에 혹시 엄마 학력이 나와 있을 것도 같은데……."

자료를 뒤져서 틀어보니 그 방송분에는 분명히 "가방끈이 긴 것도 아니고……"라는 내 대사 부분과 김성주 아나운서의 내레이션, 그리고 "최종학력이 고등학교인 정덕희는 모 대학원에 읍소한 끝에 대학원 연구과정을 가게 되고……"라는 자막까지 확인할 수 있었다. 그런 식으로 진실을 밝히는 데 도움이 될 만한 자료들이 지인들로부터 속속 도착하기 시작했다.

당시 TV, 신문, 잡지 등에 나타나 퉁퉁 부은 얼굴로 울고불고 하던 내 모습을 생각해보면 지금도 낯이 뜨겁지만, 그 또한 정덕희의 있는 그대로의 모습, 진심의 결인 것을 어쩌랴. 어쨌든 이번 사태로 인생길 숨고름하며 반성의 기회를 갖게 된 것이 소득이라면 소득이다.

첫째, 말로 살아온 세월이다 보니 나도 모르게 구업이 켜켜이 쌓여 결국은 누군가가 언론사에 악의성 제보를 한 것이다. 아무리 강의 중

흥이 나도 부정적인 발언은 앞으로도 자제해야 할 필요가 있다.

둘째, 기사가 나온 시사잡지의 인턴기자와 처음 전화인터뷰를 할 때 "나이가 몇 살이신가?" 하고 물어보는 것이 아니었다. 나중에 혹시라도 그 기자를 만날 기회가 생긴다면 그 부분에 대해서는 분명히 사과해야 할 일이다.

셋째, 전화인터뷰가 끝나고 다시 약속했던 전화가 걸려오지 않았을 때 내가 먼저 확인을 했어야 했다. 대개 방심은 오만과 자만에 기인한다.

넷째, 인터뷰는 절대 전화로 하는 것이 아니고, 전화인터뷰를 하더라도 길게 하는 것이 아니었다. '팬'이란 말에 으쓱해서 너무 많은 말을 한 것이 오히려 꼬투리로 잡혀 문제를 키운 것이다. 악의적인 오보에 스스로 이런저런 살을 붙여준 격이 되었다. 이 또한 칭찬과 자만에 너무 익숙해져 있기 때문에 벌어진 일이다.

다섯째, 그동안 발간했던 책에서 '대학원 수료'를 '대학원 졸업'으로 표기한 것에 대해 정정을 요구하지 않고 그대로 묵인한 것이 잘못이었다. 그것도 다 출판사의 마케팅 전략의 일종이라는 생각에 일단 존중하고 봐야 한다고 여겼다. 그 정도 잘못이 이렇게 심각한 문제가 될 줄은 꿈에도 생각지 못한 어리석음이 문제였다. 물론 솔직하게 말하자면, 당시 생각으로는 그리 크게 해될 것도 없는 오기였기에 심각하게 생각하지 않고 방치해둔 것이다.

여섯째, 인터넷 시대에 나름대로 적응하려고 노력했지만 워낙에 아날로그로 사람들을 상대하는 일이 주가 되다보니 인터넷에서 유통되는 개인이력을 일일이 체크하지 못한 것도 문제였다.

일곱째, 스스로는 애칭이라고 여겼던 것인데 지금 생각해보면 혹자들에게는 지나쳐 보일 수도 있을 만큼 '교수'라는 직함을 너무 즐겨 사용해왔다. 무지가 용기라더니, 이럴 때는 정말 내가 무식하기 짝이 없게 느껴진다. 특히 우리 사회에서 직함의 중요성, 직함이 가지는 무게감을 너무도 쉽게 생각했던 것이다.

여덟째, 방송을 통해 집자랑을 너무 많이 한 것은 아닌가 반성한다. 물론 방송사와 잡지사의 후원 덕분이긴 하지만, 혹자들에게는 분명 계층적 위화감을 줄 수도 있는 내용들이 너무 반복적으로 방송을 탔다. 그 과정에서도 적을 적잖이 만들지 않았을까.

아홉째, 처음에 기사가 나갔을 때부터 조용히 있어야 했다. 억울하다고 울면서 항변을 하니 내게 호감을 갖고 있었던 분들이 발끈하여 리플을 달고 항의전화도 하고 그런 것 아니겠는가. 그 때문에 해당 잡지사와 기자가 더욱 내 문제에 집착하게 만들었으니 그 또한 잘못이라면 잘못이다. 무조건, 무조건 잘못했다고 먼저 고개를 숙여야 했다. 따져보면 이렇게 나의 잘못도 많지 않은가.

그날도 저녁 7시에 안산에서 강의가 있었다. 그날은 제대로 된 식사를 한 끼도 못한 터라 정말 기운이 없었지만 약속은 약속이었다. 그래서 미안하지만 아들에게 운전을 시키고 딸아이를 비서 삼아 차에 함께 태웠다. 맨얼굴로 차에 올라 화장을 하면서 모 일간지 기자와 인터뷰를 했다. 그때는 내 입장을 대변해줄 것 같은 언론사가 무조건 고마웠으니까. 그런데 인터뷰를 하다 보니 별 수 없이 자꾸 또 눈물이 나왔다. 찍어 바르다 울고, 지우고 인터뷰하다가 다시 찍어 바르다 또 울고…….

어찌어찌 안산에 도착해서 부랴부랴 립스틱을 다시 바르고 강의장으로 들어갔다. 나는 그날 2시간 강의를 끝까지 진행했다. 노조에서 주최한 강의였는데 고맙게도 취소하지 않고 예정대로 진행해주었다. 그 마음에 보답하기 위해서라도 평소처럼 강의에 최선을 다했다. 눈이 퉁퉁 부어 안경을 낀 상태였지만 그런 대로 호응이 좋아 별 사고 없이 끝낼 수 있었다. 청중들은 마지막까지 힘찬 박수와 환호로 내게 힘을 실어주었다.

집에 도착하니 늦은 밤이었다. 그 늦은 시간에 모 방송국 아침 토크쇼 팀에서 집으로 찾아왔다. 그동안 방송됐던 자료들을 보여주며 내가 반론을 제시할 수 있도록 오랜 시간을 할애해준 것이다. 늦은 밤까지 촬영이 계속되고 있는데 이번에는 MBC 라디오 '손석희의 시선 집중' 코너의 손석희 교수로부터 전화가 걸려왔다.

"교수님, 항변할 시간을 드리고 싶습니다. 내일 아침 인터뷰 시간을 내주셨으면 하는데요."

사실은 손석희 교수로부터 직접 전화가 걸려오기 전 그 프로그램의 작가가 여러 번 전화섭외를 했지만 정중하게 거절했었다. 생방송인데다 얼굴도 보이지 않은 채 목소리만으로 진행되는 라디오 프로그램이라서 혹시라도 또 다른 오해가 생기지 않을까 두려웠다. 워낙에 집요하고 냉철한 질문으로 유명한 손석희 교수다보니 그런 식의 진행방식이 당시의 내게는 상당히 부담이 됐던 것도 사실이다. 그런데 막상 손석희 교수가 직접 전화를 걸어 설득해주니 감사한 마음에 승낙하고 말았다.

"어머니, 저도 그 프로 자주 듣는데요, 준비 많이 안 하고 설렁설렁 답했다가는 망신만 당해요. 손석희 그 양반 마치 논문심사하듯이 인터뷰를 하거든요. 질문 하나 해놓고 그 대답을 듣고는 즉석에서 새로운 질문을 만들어 하고 그런 식이에요. 그때 말이 막히면 어머니 입장이 더 불리해지는 건 아닐까 걱정이네요. 저랑 같이 질의응답 연습 좀 해보실래요?"

집으로 찾아온 방송팀이 돌아간 것이 새벽 1시30분, 어디서 사왔는지 설렁탕을 들이대며 억지로 먹이던 아들이 말했다. 어지간해서는 밥맛을 잃은 적이 없는 나도 그날만은 입에 대는 것마다 모래알이었다. 자꾸 밀어내는 내게 한 술이라도 더 먹여보려고 수저에 깍두기를 올려 막무가내로 들이미는 아들의 안타까운 표정을 보니 또 왈칵 눈물이 쏟아졌다.

그렇게 억지로 몇 술을 뜨고 노트북 앞에 앉아 작가가 먼저 보내준 질문서를 보며 아들과 리허설을 했다. 그동안 딸아이는 쉴 새 없이 내 온몸을 주무르고 있었다. 신랑도 쭈뼛거리며 자기가 뭐 도와줄 것 없냐며 주변을 맴돈다. 아들과 딸, 그리고 내가 함께 머리를 쥐어짜가며 질문지의 답을 쓰고 그 답에 또 답을 적어넣으면서 예상질문까지 뽑아 여러 가지 답변을 준비하다 보니 새벽 5시. 워낙 잠이 많은 아들이 하품을 하면서도 자신이 마치 손석희 교수라도 된 양 캐고 또 캔다. 그리고는 결국 못 견디겠는지 "엄마 7시에 깨워주세요" 하며 방으로 들어갔다. 나는 질문서를 들고 꼬박 밤을 세웠다. 14일, 사고 이튿날 아침은 그렇게 밝았다. 🧑

계속 '오바'하며 살리라

중얼중얼 답변을 연습하며 방송시간을 기다렸다. 7시30분쯤 들어간다던 전화인터뷰가 45분쯤 되어서야 연결되었다. 그런데 너무 연습을 많이 해서 그런가, 전화가 연결되고 내 입장에서 반박하는 이야기만 내리 했더니 인터뷰는 15분 만에 싱겁게 끝나버렸다. 다정도 병이라더니, 이런 경우에는 정성도 병이다. 잠 한숨 못자고 밤새 설쳤는데 고작 15분 만에 인터뷰가 끝나니 맥이 빠져 허무한 기분이었다.

여자들끼리 만나는 모임에 가면 수다가 길어져 귀가시간을 훌쩍 넘기기 다반사다. 수다를 떨 때야 모르지만 돌아가는 차 안에서 '남편한테 혼나면 어쩌나' '뭐라고 변명을 할까' '갑자기 어디가 아파서 병원에 있었다고 할까' 해가며 입술이 바싹바싹 타도록 걱정을 하며 변명 리허설까지 철저히 준비하면 정작 그날은 아무 일도 벌어지지 않는다. 그냥 별일 없을 것이라 쉽게 생각하고 집에 들어간 날이 제삿날이기 십상이다.

그건 남자들도 마찬가지다. 술이 떡이 되어 택시를 잡아타면 비로소 마누라 잔소리가 걱정이다. 피곤한데 그 잔소리를 또 어떻게 버티나 싶어 자포자기의 심정으로 들어가면 의외로 마누라가 눈 한번 흘기고 만다. 반면에 자기 생각에는 별로 늦은 시간도 아닌데 술 한잔 가볍게 먹고 들어간 날 아무 예고도 없이 마누라의 잔소리가 터져 나온다.

그런 경험을 여러 번 하게 되면 차라리 늘 넘치게 '오바' 하며 사는 게 속편하다는 진리를 체득하게 된다. 밤새 머리를 싸매고 끙끙 앓았으면 어떤가, 별일 없이 무사히 치렀으면 그만이다. 방송이 끝나자마자 손석희 교수가 또 전화를 했다.

"너무 걱정하시는 것 같아 일부러 시간을 짧게 드렸습니다. 나중에 방송국에서 뵙지요."

화면상의 이미지로는 냉철하고 차갑게만 느껴지지만 막상 겪어보니 정감 있고 참 따뜻한 사람이었다. 몸에 밴 정중함과 깔끔함, 그리고 배려와 겸손까지 갖춘 엘리트다운 엘리트로구나 싶었다.

8시에 MBC 라디오가 끝나자 8시30분부터는 전날 찍어간 공중파 방송분이 방영되었다. 많은 분량을 촬영해 갔지만 편집된 방송은 7~8분 분량. 하지만 문제는 분량이 아니라 어떤 분위기로 나오느냐였다. 방송은 모든 것이 PD의 마음에 달렸다. 동일한 내용을 찍어 가도 PD의 의도에 따라 180도 다른 내용으로 편집될 수 있는 것이 바로 방송이다. 당연히 긴장할 수밖에 없었다. 촬영분이 나가고 마지막 남성MC의 멘트는 이랬다.

"고등학교만 나와서도 저렇게 왕성하게 행복전도사로 활동하시는 것
이 얼마나 귀한 일입니까."

그날은 대구 수성구에서 강의가 있는 날이었다. 다른 날 같으면 KTX
를 이용했을 테지만 그날은 사람들과 마주치는 것이 부담스러워 아들
에게 다시 한번 운전을 부탁했다. 한창 시끄러운 상황에서 공개강의에
몇 명이나 올까 내심 걱정이 됐다. 공개강의라고 하는 것은 참석자 숫
자가 곧 강사의 인기척도가 된다. 참석율을 보면 대략 여론의 흐름도
감지할 수 있겠다 싶어 태연하게 행동하면서도 자꾸 강연장 주변을 체
크했다.

"원래 350석 소강당에서 하려고 했는데 문의전화가 하도 많아 1000
석 대강당으로 준비했습니다."

강의에 들어가기 전 응접실에서 만난 구청장님이 남의 속도 모르고
이렇게 말씀하셨다. 좌석이 텅텅 비어 있을까봐 걱정이 태산이었지만
겉으로는 아무렇지 않은 듯 차를 마시며 담소를 나눴다.

그러나 홀에 들어서는 순간 느껴지는 후끈한 열기…… 대강당은 사
람들로 가득 차 있었다. 내 모습이 나타나자마자 쏟아지는 환호와 박
수…… 이날 대구 수성구민들이 내게 보여준 사랑은 분에 넘칠 지경이
었다. 그 어느 때보다 열정적으로 강의를 마치고 내려오는데 기다렸다
는 듯이 내 손을 꼭 잡아주는 사람들…….

"이럴 때일수록 힘 내이소."

“힘 실어주러 일부러 왔심더.”

“안 배우고 성공한 사람으로 다 알고 있었는데 웬일이라예. 사람 잡는 세상입니더.”

“난 믿지예. 사랑합니더.”

고마운 마음에 이 사람 저 사람 손을 붙잡고 한참 눈물을 흘리다가 문득 정신을 차려보니 내 손에 웬 깨끗한 손수건 한 장이 들려 있었다. 누군가가 쥐어주고 간 것이다. 그날 강의가 내게는 분기점이었다. 그때부터 잘 먹어야겠다, 다시 웃어야겠다, 털어버리고 마음을 비워야겠다, 더 열심히 해야겠다는 생각을 했다.

“우리가 아기로서 삶을 시작할 때 누군가가 우릴 돌봐줘야 생명을 유지할 수 있어. 그렇지? 그리고 나처럼 아파서 삶이 끝날 무렵에도 누군가가 돌봐줘야 생명을 유지할 수 있어. 그렇지? 하지만 비밀이 있네. 아이 때와 죽어 갈 때 외에도, 즉 그 중간 시기에도 사실 우린 누군가가 필요하네.”

미치 엘봄이 쓴 『모리와 함께한 화요일』이란 책에서 죽어가는 노 교수 모리가 한 말이다.

내 탓이요, 내 탓이요

안양의 한 정보고등학교 학생들을 대상으로 강의 일정이 잡혀 있던 날, 안양 문화예술회관에 들어서니 학생들의 열렬한 박수와 환호가 터져 나온다.

"애들아, 선생님 알지? 난 말이다, 내가 이렇게 유명한지 몰랐다. 얼마 전까지만 해도 전 국민의 70% 정도가 내 이름 석자를 알고 있다고 생각했는데 이제는 100% 다 알게 된 것 같아. 끝내주는 광고를 광고비 한 푼 안 들이고 한 사람이 선생님이다. 자, 그럼 먼저 퀴즈를 낼게. 선생님 요즘 기분을 세 자로 말하면?"

웅성이는 강의장. 이 말 저 말이 나왔지만 기대하는 정답은 나오지 않았다.

"선생님이 정답을 말해줄까? 정답은…… 음…… 쪽팔려."

와~ 이번에는 아수라장이 된 강의장.

"그럼 다시! 다섯 자로 표현하면?"

여기저기서 답을 말하는 학생들…… 그러나 이번에도 기대했던 답은 없다. 그래서 내가 다시 답을 알려준다.

"졸라 쪽팔려."

강의장이 아예 뒤집어진다. 일단 도입부에서 청자들과 눈높이를 맞추고 나면 이후가 술술 풀린다. 내가 처한 상황이 어떻든 몸 컨디션이 어떻든 나는 강단에만 서면 신기에 사로잡혀 내가 내가 아닌 사람이 된다. 그날도 3000개의 또랑또랑한 눈동자에 홀려 온몸으로 굿을 했다.

어떤 교수는 "학력빨, 실력빨, 경력빨, 노력빨, 말빨, 지식빨 다 갖고 있어도 정덕희가 갖고 있는 신(神)빨은 못 당한다"는 말을 한 적이 있다. 또 어느 스님은 "무당 될 년이 잘 풀려 강의하는 줄이나 알아" 하셨다. 무당도 그냥 애기무당이 아니라 큰무당 팔자란다.

2006년 1월 초 제주KBS에서 '행복의 전제조건'이라는 주제로 강의를 끝내고 나니 질문시간에 누군가가 이런 질문을 했다.

"교수님 그 열정이 대체 어디서 나오시나요? 물 한 번 안 드시던데……"

그때 내가 그랬다.

"(한숨 한 번 쉬고) 팔자여."

내 안에는 분명 신이 있다. 나는 지금의 내 직업이 천직이라 생각하고, 직업에 대한 자긍심 또한 대단하다. 특히 15년 전 내 강의를 듣고 열심히 노력하여 지금의 모습이 되었다고 고백하는 후배들을 적잖이 만나기 때문이다. 분명 그날 문화예술회관에 모인 1500명 고등학생들

중에도 훗날 어른이 되어 그때 나의 강의를 듣고 세상 사는 법을 배웠다'고 고백해줄 학생이 나와 줄 것이라 믿는다.

그날 오후에도 줄줄이 인터뷰가 잡혀 있었다. 강의가 끝나자마자 서울로 달려와 모 일간지 기자와 인터뷰를 하고 있는데 영화배우 출신의 한 교수님의 학력문제가 또 불거졌다. 줄줄이 이어지는 학력파동……. 성장에만 급급했던 우리 사회의 소홀하고 어두웠던 면들이 이제야 도미노처럼 연이어 터져 나오는 것일지도 모른다는 생각을 했다. 물론 그 사태에 나 역시 적지 않은 기여(?)를 했음은 물론이다.

부잣집 아이들이 아니고는 너나할 것 없이 생활전선에 뛰어들어야만 했던 사회적 환경 속에서 어려움을 딛고 나름대로 입신한 분들이 연이은 학력파동에 맥없이 쓰러지고 있다. 그런 분들의 노력과 희생으로 우리 사회의 생활수준이 갑자기 높아지면서 역설적으로 우리 사회는 빠르게 학력 위주의 사회로 변했다. 대학을 안 나오면 사람 취급도 못 받는 사회 분위기가 거짓말을 조장해온 셈이다.

"몇 학번이에요?"라는 질문에 "저는 대학을 안 나왔거든요" 하고 대답했을 때의 묘한 썰렁함은 겪어본 사람이라면 다들 안다. 질문한 사람도 쑥스럽고 대답한 사람도 떨떠름하고 듣고 있던 사람도 민망하고. 내 명함에 '사회교육원 교수'라고 적혀 있는 까닭에 나를 잘 모르는 분들은 간혹 '정 박사'라는 호칭을 사용하기도 한다. 그럴 때마다 나는 가벼운 웃음으로 "저, 박사 아닌데요" 하고 정정을 해드린다. 그래도 굳이 박사라 부르는 분도 계시는데, 바로 그런 것이다. 그 호칭이 그 사람에

게 적절하거나 말거나 정확하거나 말거나, 그것이 그 사람에 대한 최상
의 예의이자 배려라고 생각하는 것이다. 우리 사회가 말이다.

　갑자기 마음이 바뀌어 이후로 잡혀 있는 모든 인터뷰들을 취소했다.
무엇을 더 항변하고 무엇을 더 변명할 것인가. 우리 사회의 탓이고 우
리 모두의 탓이고 다른 누구보다 바로 내 탓인 것을.

감옥 아닌 감옥을 벗어나

내 인생에 있어 '7'로 끝나는 해가 주는 의미는 남달랐다. 1977년에는 고졸 여직원으로서 아예 승진 자체가 불가능한 조직문화 속에서 운 좋게 승진을 했다. 1987년에는 전업주부에서 사회인으로 변신했다. 1997년은 방송강의로 유명해지기 시작한 해다. 이렇듯 내 인생에 있어 '7'은 변화의 숫자였다. 그래서 왠지 '7'자가 포함된 해에는 은근히 무언가 기대를 하게 되는 버릇이 생겼다. 2007년에도 마찬가지였다. 실제로 큰 변화가 있긴 했지만, 분명 그 의미는 지금까지와 전혀 달랐다. 그러나 이제 와 생각해보면 다를 것도 없다. 안정기에 접어들었다고 자족하고 자만하고 있던 당시의 내게 그 어떤 자극이 나를 이처럼 성숙하게 만들어줄 수 있었을까.

사건이 터진 이후로 집 앞에 진을 치고 있는 기자들 때문에 몹시 힘들었다. 감옥 아닌 감옥에서 하루가 속절없이 지났다. 오도 가도 못하고 소리도 죽여 살금살금, 집 밖에서 들릴 리 없지만 마음이 편치 않아

뒤꿈치 들고 새색시 걸음을 걸었다. 집에 없다는 거짓말 때문에 스스로 찬 족쇄다. 밖에서 누군가가 나를 감시한다 생각하니 답답함이 마음을 조여 왔다.

너무 답답해서 설악산 봉정암의 구암 스님에게 전화를 했다. 3년 전 촬영차 티베트에 갔다가 인연을 맺게 된 스님이다.

"덕희보살, 이쪽으로 오시오. 와서 세속의 번뇌 다 털고 가시오. 봉정암에 왔다 가면 아마도 가벼워질 거외다. 기다리리다."

그래서 결정했다. 아들과 함께 배낭을 짊어지고 대청봉을 오르기로. 이럴 때는 친구보다 아들이 좋겠다 싶었다. 아무래도 친구하고 여행을 하다 보면 또 위로니 격려니 울분이니 하소연이니 마음만 시끄러워질 것이고 정작 자신을 돌아볼 시간은 모자랄 것 같았다.

첩보작전처럼 기자들이 없는 틈을 타 아들과 함께 집을 빠져나와 뻥 뚫린 도로를 내처 달렸다. 일단 집을 빠져나오니 기분부터 상쾌하다. 가는 도중에는 그 길을 지날 때마다 찾곤 하던 고추장 돼지 숯불구이집에 들렀다. 이집과도 20년 인연이다. 초창기에는 비닐천막 틈으로 찬바람이 횡횡 들어와 코트까지 껴입고 먹었지만 그 맛은 추위를 잊게 하고도 남았다. 늦은 점심시간인데도 주차장이 차들로 가득했다. 만차가 된 주차장을 보자 모처럼 가벼워진 마음이 도로 주눅이 들었다.

"안 되겠다, 얘. 사람이 너무 많다."

차에서 먼저 내린 아들이 내 말을 듣더니 벌컥 화를 낸다.

"어머니! 당당하세요! 어머니가 뭘 잘못했다고 그래요? 어머니처럼 정직하게 열심히 사신 분이 또 어디 있다고 그래요! 그깟 웃기지도 않은 일로 남의 눈치를 보는 건 정말 어머니답지 않아요! 빨리 내리세요, 빨리요!"

안 내리려고 하는 나와 어서 내리라고 잡아끄는 아들 사이에 잠깐 실랑이가 벌어진다. 아들이 어른이고 내가 아이가 된 것 같다. 갑자기 또 설움이 북받쳐 아예 소리내어 운다. 힐끔힐끔, 수군수군…… 사람들의 수군거리는 소리가 증폭기를 통과한 이명처럼 귓가에 착착 달라붙는다. 아무리 벗어던졌다고 스스로 외쳐도 인간사 번민이 어디 그렇게 칼로 무 자르듯 싹둑 떨어져 나가는 것이던가. 한참의 언쟁 끝에 결국은 내 고집대로 점심식사를 포기한 채 우리는 그곳을 떠났다.

차 안에는 삶은 옥수수 몇 개가 덩그러니 놓여 있다. 기어 위에 올려져 있던 아들의 손이 가만히 엄마의 손을 찾아 잡는다. 아들이 속상해할까봐 더 울지도 못하고, 꾸역꾸역 맛도 모르는 채 옥수수를 먹었다. 말이 없어도 마음의 온도는 높다. 가끔은 침묵이 몇 마디 말보다 더 애틋한 표현이 된다. 나도 말없이 아들의 손을 꼬옥 쥐어본다.

'아들, 고마워. 근데 너는 아직 몰라. 내가 지금 얼마나 힘겨운지!'

백담사 주차장에 차를 대고 다시 버스를 타고 백담사로 올라간다. 보슬보슬 비 내리는 사찰, 산등성이에는 잿빛 구름띠가 걸려 있다. 백담사에서 봉정암까지는 다시 5시간 정도의 거리다. 백담사에 들를 새도 없이 비 내리는 산길을 따라 곧바로 봉정암으로 향했다. 한여름 산행길에 쏟아지는 비는 오히려 청량제나 다름없다.

외설악과 다르게 내설악은 다분히 여성적이다. 내설악에 들어서면 등산로가 아니라 산책로처럼 평평한 길이 길게 이어진다. 길을 따라 암석 위를 미끄러지는 투명한 물줄기들이 새소리, 솔바람소리와 함께 객들을 반겨준다. 아들과 함께 하는 산행이라 왠지 모르게 든든한 기분이다.

길 없는 길을 찾다

마음을 추스르려 아들과 함께 찾아간 설악산…… 봉정암까지 올라가는 중간에 산장이 하나 있다. 그곳에서 스님께 연락을 드리기로 한 우리는 그곳에 잠시 머물면서도 행여 등산객들이 알아볼까 싶어 최대한 얼굴을 가리고 목소리를 죽였다. 그런데도 산장 안주인이 귀신같이 알아보고 달려 나온다. '어이구 주책바가지…….'

산장 안주인은 평온하고 해맑은 얼굴이 자연을 고스란히 닮은 분이다. 반갑게 건네주는 따끈한 커피 한 잔이 비를 맞아 차가워진 몸을 훈훈하게 덥혀준다. 봉정암에 도착할 때쯤 되면 산길이 어두워질 거라며 손전등까지 챙겨준다.

안주인의 말처럼 산에는 금세 어둠이 내린다. 손전등이 없으면 낭패할 뻔했다. 계속되던 평평한 길이 어둠과 함께 가파른 경사로로 바뀐다. 두 그림자의 헉헉거리는 숨소리만 산속에 가득하다.

"힘드세요? 좀 쉬었다 갈까요?"

습한 숲공기로 갈증을 달래가며 깔딱고개에 이르니 어디선가 메아리처럼 사람의 목소리가 길게 들려온다.

"어서 오시오오~ 덕희보사알~"

형상은 보이지 않지만 틀림없는 구암 스님 목청이다. 손전등으로 앞길 비춰가며 겨우겨우 고갯마루에 오르니 비로소 휴대폰이 터진다.

"덕희보살, 나를 보시오."

어둠 속 큰 바위 위에 스님이 그림처럼 앉아 계셨다. 그곳에 앉아 목소리로 우리를 안내하고 계셨던 모양이다. 어둠까지 짙어 바위가 스님인지, 스님이 바위인지 알 수 없을 지경이다. 여덟 개 바위가 있는 봉정암에서 출가를 하니 바위 하나 더 보탠다고 얻은 법명이 구암(九巖)이란다. 농인지 진담인지 알 수 없다.

불교의 성지 티베트에서 맺어진 인연이라 더 소중하다며 평소에도 성심으로 '덕희보살'을 챙겨주시는 스님이다. 구암 스님을 만나니 비로소 마음에 여유가 생기고 푸근해진다.

총무스님의 안내로 늦은 저녁을 먹으러 공양간에 갔더니 큰 대접에 식은 밥, 식은 미역국, 오이무침 달랑 한 접시가 고작이다. 점심도 거른 터라 적잖이 실망하며 한 숟가락 떠 넣는 순간 입안 가득 퍼지는 미역 향이라니! 오이의 아삭하고 상큼한 맛도 최고다. 역시 시장이 반찬이다. 지금까지 먹어본 그 어떤 미역국도 봉정암의 다 식은 미역국 맛을 따라오지 못할 듯 싶었다.

그토록 그리워하던 풍경소리, 염불소리, 목탁소리……. 주지스님의 배려로 훨훨 지펴놓은 장작불 덕분에 방안의 구들장에는 습한 기운이라고는 전혀 없었다. 덕분에 사바의 번뇌에 찌들 대로 찌든 스산한 영혼을 구들장 위에 마음놓고 부렸다. 저녁염불을 마친 구암 스님이 가만히 방에 들어오셔서 덕담을 해주신다.

"방하착(放下着)! 이곳에 다 내려놓고 가오. 원래 없던 인생 다 잃어봐야 도로 그 자리, 본래무일물(本來無一物)! 집착도 원망도 후회도 미움도 아쉬움도 모두 여기에 내려놓고 가오. 내려갈 땐 빈마음이오. 덕희보살, 알겠소?"

다섯 시간의 산행이 버거웠는지 왼쪽 무릎관절이 욱신거렸지만 공동 목욕탕에서 얼음물처럼 차가운 계간수로 목욕을 한 후 법당에서 잠깐 입정(入定)을 했다. 천주교 세례를 받아 사찰문화에 낯설 법한 아들도 어미가 하는 양을 보고 짐짓 가부좌에 묵상을 한다. 제딴에도 번뇌였던가, 슬쩍 보니 제법 무념무상의 표정이다.

법당에 웬일인지 부처상이 없고 붉은 좌복만 덩그마니 놓여 있다. 어둠이 짙어 현판을 우러르지 못했지만 아마도 적멸보궁(寂滅寶宮)이리라. 송구한 마음에 법당에 가만히 앉아 허공을 응시하니 짧은 생각에도 저 빈자리가 곧 적멸이구나 싶다. 비워라! 비워라! 어딘선가 호랑이 같은 노선사의 할(喝)이 내내 머리 위로 쿵쿵 떨어지는 듯했다. 일체유심조(一切唯心造), 모든 번뇌는 제 마음이 지어내는 것, 모두 비워 없애고 순수한 아기가 되어 이 산을 내려가자.

한여름에 절절 끓는 온돌방에서 자는 둥 마는 둥 엎치락뒤치락하다

범종소리에 눈을 떴다. 고요한 봉정암의 밤이 어느덧 지나 스님들의 기도로 새날이 시작된다. 스님들의 염불소리가 산사의 아침을 알린다.

세수를 하고 새벽 예불에 참석하기 위해 사람들이 흘끔거리지 못할 법당 맨앞자리를 찾아 자리를 잡았다. 예불이 시작되자 다른 사람들이 하는 양을 보고 익숙지 않은 불교의식을 따라해본다. 앉았다 일어났다, 절했다 반절했다 합장했다…… 따라하기 급급하지만 그래도 목탁소리, 염불소리에 이내 마음이 평안해진다.

새벽 예불이 끝나고 5시30분 공양시간이다. 그제야 나를 알아 본 공양보살님들이 이것저것 더 내놓으시며 정을 표했다. 이 깊은 설악의 산사에서도 나를 알아본다. 유별난 팔자다. 널리 알려졌기에 상처도 받는 것이겠지만, 이렇듯 언제 어디서나 특별대접도 많이 받는다. 세상 이치가 다 그렇다. 하나를 얻으면 하나를 버려야 한다.

아침공양을 마치고 차방에서 스님들과 차 한잔을 마시는데 내설악이 창문 가득 풍경화가 되어 눈길을 빼앗는다. 은은한 다향 속에 저 아래 번다한 세상일들은 다 사라지고 한가한 정담들만 오고간다.

“덕희보살, 우리 소풍갑시다, 대청봉으로. 올해는 게을러서인지 소풍도 통 못 갔는데, 덕희보살과 함께 가려고 그랬나보오. 아드님하고 우리 셋이 한번 나서봅시다.”

시간 반이면 대청까지 갈 수 있다는 말에 주먹밥에 과일 몇 개만 배낭에 넣고 소풍길에 따라나섰다. 많이 걸어 아픈 다리는 걸어서 풀어야 한다던가, 산길을 좀 걷노라니 무릎도 좀 나아지는 기분이다. 구암 스님은 정말 소풍가는 어린아이처럼 들뜬 표정이다. 봉정암을 출발하여 소청, 중청, 대청까지 이르는 길에 만나는 사람마다 일일이 합장하고 덕담 나누며 다람쥐처럼 빠른 스님의 발걸음을 좇았다. 목청 좋은 스님이 선창을 하면 우리도 따라하고, 쉬다가 걷다가 기도처에서는 기도도 잠시 올렸다가 다시 오른다.

바람부는 능선의 뒷길은 너무나 안온하다. 바로 능선 너머가 바람밭인데 이쪽에는 안개가 피어오른다. 햇살이 산을 비추니 천지창조의 무대라도 된 듯 상서롭다. 그 배경 속에 서 있는 나만 홀로 보잘 것 없다. 속세에서는 어떤지 몰라도 자연의 무대 위에서 나는 무명의 엑스트라에 불과하다. 자연 속에서는 차라리 하찮아지는 느낌이 좋다.

인생길

넘고 넘어 넘어 온 길
이제 다 넘었구나.
평탄한 길 뿐이리라.
마음 놓고 걷다 보니
더 큰 산이 앞을 막네.

산이 높다한들
골이 깊다한들

못 넘을 리 없다마는
깊은 골 빠져 보니
답답하고 답답하이.

이런들, 저런들.
골속에 갇혔으니 어찌 할고. 어찌 할고.
어둡고 어두워 보이지 않는 길,
無心으로 한발 한발
쉬지 않고 걸어 보세.
울지 말고, 원망 말고, 고개 숙여 걸어보세.
이 맛 저 맛 다 본 년이 무슨 맛을 못 볼거나.

걱정 마소, 근심마소.
웃는 날 올 것이니.
알았으니 웃어 보소.
근심 날려 웃어 보소.

기쁨도 고통도 정해진 시간표
올 시간이 되어 왔다
갈 시간이 되어 가는 순간 일 뿐

기쁜 순간, 행복은 메인코스
아픈 순간 행복은 선택의 디저트라

그리하여

그럼에도, 그럼에도
행복하소서.

그럼에도
행복하소서

초판 1쇄 2008년 6월 17일
초판 12쇄 2012년 10월 10일

지은이 정덕희

발행인 김우석
제작총괄 손장환
마케팅 공태훈, 김동현, 신영병

진행 권선근
교정 · 교열 한정수
디자인 Design Group All(02-776-9861)
출력 · 인쇄 미래프린팅

발행처 중앙북스(주)
등록 2007년 2월 13일 제2-4561호
주소 서울시 중구 순화동 2-6번지 우편번호 100-732
전화 1588-0950
팩스 02-2000-6174
홈페이지 www.joongangbooks.co.kr